LE MARQUIS DECONSTRUIT…

… et la sauterelle du trou numéro 18

Pour Thierry !

Ce clin d'oeil sans prétention, bien
plus pratique pour caler la commode,
que commode pour caler la pratique,
sauf celle du théâtre amateur !
Tu constateras page 66 que tu es
bien sûr toujours dans mes pensées
les plus amicales et fidèles ! [Thierry
Emile, ça te va bien !!]
Embrasse bien fort Stéphanie.
Très grosses Bises
Gérard

Les personnages :

Le conteur

Le poète de salon

Pierre, le Marquis,

Félicie, la Marquise

Marie-Antoinette, leur fille

Auguste, l'amant de la mère... puis de la fille

Monique, la maîtresse du Marquis

Jean-Aymar, le professeur de piano de Marie-Antoinette, amoureux de Marie-Antoinette

Un vieux paysan, très terroir, au très fort accent, par exemple sarthois

Un jeune paysan, gentleman farmer éduqué et ambitieux

Le factotum du marquis

Un convive, arbitre du duel

Et quelques invités du bal

Prélude

Une avant scène devant un rideau baissé. Un poète entre, prend son temps, se racle la gorge, en fait des tonnes, puis déclame, d'un ton boursouflé.

Poète : *Quand deux âmes étrangères ont choisi de s'unir*
Comme deux doigts d'une main,
Mon ami
Quand deux lèvres et deux autres ont choisi de se fondre
En un souffle commun,
Mon amour
Quand j'ai compris trop tard que sans toi ici bas
Mes jours seraient défunts,
Mon amarre

Il me souvient d'un soir ou sous la pleine lune,
Montrant tes dents d'ivoire,
Tu as ri
Je me souviens aussi de ces cris de ces larmes,
De ces jours plus noirs,
Que la Ruhr
Seuls les mots passent le temps, car l'amour éternel...

Conteur : *sa voix s'entend des coulisses*
Mais qu'est ce que vous faites là ? Et qui vous a autorisé à venir ? Et puis d'abord qui êtes-vous ? Et puis ensuite qu'est ce que vous racontez ? Et puis enfin, vous allez vite déguerpir…

Poète : Tout d'abord, je suis poète, voyez-vous ? d'ailleurs, c'est écrit là (*il prend l'écriteau « poète » attaché autour de son cou, qui pend dans son dos, et le replace devant)*. Ensuite, je ne raconte pas. Je poétise, nuance !, en vers…

Conteur : Et contre tous. Vantard de poète, voleur de rime pas piqué des vers, poète de salon en mal de public, qui profite de l'auditoire ici assemblé pour lui asséner ses salades.

Poète : Malotru d'analphabète. Béotien de supermarché ! Ce ne sont pas des salades, ce sont des alexandrins. Que je n'ai d'ailleurs pas achevés, et qu'il me faut reprendre urgemment si vous voulez éviter une émeute d'un public, cultivé lui, tenu en haleine, et dont j'entends l'avide clameur monter irrésistiblement.

Je me souviens aussi de ces cris de ces larmes,
De ces jours plus noirs,
Que la Ruhr

Conteur : Arrêtez

Poète : *Seuls les mots passent le temps, car l'amour éternel…*

Conteur : Arrêtez, vous dis-je, où je fais venir l'armée, la légion, le 8eme Régiment d'infanterie de marine…

Poète : Sacrilège, vous m'avez encore interrompu. C'est Rimbaud qu'on assassine. Mais qui êtes-vous pour vous permettre de vous dresser contre la force du verbe, la puissance des images, la grâce des hémistiches ? Qui êtes-vous ?

Conteur : Je suis conteur, voyez-vous. C'est écrit là (*même jeu de scène avec le panneau autour du cou)* Conteur intermittent – théâtre, café théâtre, animations en tous genres, anniversaires, mariages, bar-mitsva, divorces, enterrement (voilà ma carte); et pour une fois que j'ai un job, ce n'est pas un poète de bazar qui va me casser la baraque. Alors, déguerpissez. Immédiatement. *Le poète reste stoïque* Déguerpissez, vous dis-je. *L'attrape par la manche, et l'envoie dans les coulisses.*
Ici, je ne tolère que les rimailleurs qui riment…ailleurs.

Dans les coulisses, on entend le poète qui achève sa déclamation.
(Seuls les mots passent le temps, car l'amour éternel,
Car l'amour sans mouroir, Est si rare…)

Le conteur s'avance vers le public, solennellement.

Donc, je suis conteur. Et ma mission, cher public, maintenant que nous sommes enfin seuls, est aujourd'hui de vous présenter un drame, une tragédie qui va se dérouler devant vos yeux exorbités, un calvaire qui met l'eau à la bouche en faisant cracher du sang. Une tranche de vie, avec des tronches de morts.
Je suis conteur, voyez-vous, mais vous aussi, les morts, vous pourrez les compter.
Alors mon job, c'est avant tout de prévenir les âmes trop sensibles qu'elles peuvent encore, si elles le souhaitent,

quitter ce lieu maudit, qui prendra bientôt l'allure d'une boucherie médiévale.
C'est de signaler au public que l'hémoglobine va couler à flot, c'est de l'informer que certaines scènes sont proprement diaboliques.

Ça fait partie des avertissements indispensables qu'un conteur doit édicter pour être en conformité avec sa convention collective, mais surtout avec sa conscience ; prudence dont tout homme responsable se félicite, dont tout conteur se targue, et dont tout avertisseur s'honore.

Ces précautions posées, il me reste à vous souhaiter malgré tout une bonne soirée, en compagnie du vice et du Malin.

Simplement, quand on arrivera, suffoquant, à la fin de ce drame, ne venez pas vous plaindre. Je vous aurai prévenus !

Mais ne hâtons pas le dénouement.

Voix lente, lugubre et diabolique
Laissons l'enfer offert se faire et se défaire à son affaire.

Donc, il était une fois…*la lumière s'estompe*
Une fois de trop…

Le rideau se lève sur un intérieur très cossu et traditionnel, sans originalité, avec du mobilier d'époque et des tableaux de famille.

La marquise et son amant sont tendrement enlacés sur un canapé. Jeu de scène avec les domestiques, qui se rincent l'œil. Jeu de scène avec un bottin mondain, ou autre ustensile du même acabit sociologique. Un domestique le pose sur une table. Un autre domestique va le chercher pour le mettre à un autre endroit ; et ainsi de suite, pour se donner le loisir de contempler le spectacle des amoureux.

Le conteur poursuit :
Il était une fois, donc, une femme affalée sur un canapé apparemment confortable *(la désigne du doigt, théâtral)* elle est LA…

Avec un homme, qui ne semble pas lui être totalement inconnu, et qui est lui aussi affalé sur le canapé, visiblement plutôt moelleux. *(le désigne du doigt, théâtral)* il est LA…

Nous sommes dans une demeure bourgeoise ; peut-être même dans un château, eu égard à la domesticité présente sur le lieu des ébats.
C'est le calme, la sérénité…

On entend au loin le Marquis qui arrive sur son cheval (bruits de sabots).
La marquise, lâche un cri d'épouvante, et bascule son amant derrière le canapé.

… ou presque. Courageux, mais pas téméraire, je vous laisse, discrètement.

*　　　　*

Première partie

Premier tableau

Marquise : Mais, comment s'fait-il, tu es… vous êtes déjà rentré ?

Pendant le dialogue, le marquis- jovial et de bonne humeur - se débarrasse de ses vêtements en les confiant aux différents domestiques – selon une chorégraphie à inventer.

Marquis : Oui da, fidèle épouse, je suis rentré plus tôt
Car l'envie de vous voir, mit ma monture au trot
Je ne trahirais point que bat aussi mon cœur
A l'idée de trouver un prétendant… d'honneur
Pour notre chère enfant, chère Marie-Antoinette

Marquise : Nous… nous en reparlerons, mais faites votre toilette
Avant que d'aborder ce sujet délicat
Vous êtes, mon Cher ami, dans un piteux état

Marquis : Ma très Chère Félicie, comme vous avez raison
Je m'en vais nettoyer, mon joli nez bourbon
Et frotter pour que brillent, plus que l'or du calice
Sur mes nobles habits, mes nobles fleurs de lys

Le marquis monte se nettoyer.

Marquise : Merde, merde, merde et remerde. Il est déjà rentré. Il aurait pas pu rester à sa chasse à courre. Non, il faut qu'il

rentre, pour marier sa très chère enfant, avec un parfait gentilhomme, de bonne famille, riche et bien sous tous rapports.
Mais celui là, pourquoi faut-il qu'il empoisonne de sa présence l'ivresse de mon existence en ces moments où je le souhaiterais à des années lumières de mon souvenir… Pourquoi, pourquoi, pourquoi ?

La tête d'Auguste, ébouriffée, réapparaît derrière le canapé.

Auguste : Et moi, il faut que je parte alors ?

Marquise : Toi, non jamais. Jamais je ne pourrais le supporter. Non, j'y ai déjà réfléchi, et j'ai trouvé beaucoup mieux…

Auguste : Quoi ? Tu aurais pu au moins m'en parler…

Marquise : Comment voulais-tu que je sache que cet abruti rentrerait de manière si… abrupte.
Bon, écoute-moi, tu vas passer pour un prétendant à la main de Marie-Antoinette, ma fille.

La marquise va chercher une veste correcte et un chapeau distingué dans un placard, et le lance à Auguste

Auguste : Quoi, mais tu es folle !

Marquise : Laisse-moi finir, Pierre va redescendre d'une minute à l'autre. Désormais, tu ne t'appelles plus Auguste Boisier, mais Augustin Crochaix de la Boisière de Belchaire de Nipon, fils du Duc Crochaix de la Boisière de Belchaire de Nipon, et de la Duchesse Crochaix de la Boisière de

Belchaire de Nipon, née Marguerite de Saint-Hilières de Mode-Guichey

Auguste : Tu, tu n'aurais pas… plus court ?

Marquise : Non, avec Pierre, c'est le strict minimum…Comme ça, pendant qu'il regardera dans ses dossiers, courra toutes les bibliothèques, relira tous ses bouquins pour vérifier ton arbre généalogique, tu pourras rester ici, au moins quelques temps. Ensuite, j'essaierai de trouver autre chose pour te garder avec moi. Pas mal, non ?

Auguste : Mais je n'arriverai jamais à retenir tout ça. Je sais même plus comment j'm'appelle, Crochaix machin, Je trouve ça complètement grotesque. Je m'en vais…

Marquise : Reste ici ; Il arrive…

* *

Marquis : Ciel, quel est ce seigneur, en ma noble demeure ?

Marquise : Il est pour votre fille un prétendant d'honneur

Marquis : Et quel est votre nom ?

Marquise : Crochaix de la Boisière
De Belchaire de Nipon. Il est noble et très fier

Mais certes un peu timide.

Marquis : De qui êtes-vous le fils ?

Marquise : Du duc du même nom, qui demeure à Senlis
A Bourges et Orléans. Et le Duc chasse à courre
A Compiègne, Fontainebleau, Chantilly et Combourg

Marquis : Ciel, bien sûr ce cher Duc, je ne connais que lui
Et quel homme impeccable… *un temps* Mais dites moi mon ami
Depuis quand êtes vous dans ma noble maison ?

Marquise : *Hésite*
Depuis quelques instants, cinq minutes environ

Marquis : *se tourne vers sa femme*
Et vous savez déjà, ô délicieuse femme
Tout ce qui a rapport à cette jeune et belle âme ?

Marquise : C'est que je m'astreints à toutes ces questions
Pour quiconque de ces lieux franchit le Rubicon

Marquis : Ah, ma douce Félicie, je vous aime à tel point
Que si je ne craignais, de choquer…

Auguste : Auguste

Marquise : …stin

Marquis : Je poserais sur vous le baiser d'un mari
Qui est fière de sa femme, de son épouse chérie

Changement de ton

A présent, laissez-nous Félicie, je vous prie
Et que les domestiques vous rejoignent aussi
Car avec Augustin, j'aimerais que nous puissions
Seul à seul engager une conversation

Auguste devient tout pâle, la Marquise et les domestiques quittent la pièce, la Marquise également tétanisée. Pendant la scène, le marquis se met à tourner autour d'Auguste centre scène, de plus en plus vite, ce qui lui donne le tournis… Auguste fait des tours sur lui-même pour voir le marquis, le regard tétanisé. A la fin, il va s'asseoir sur le canapé…

Ce que je sais de vous, Augustin, en effet
Pour être primordial, est toutefois incomplet
Pourrais-je être quelque peu, dans le secret des dieux
En vous connaissant plus, en vous connaissant mieux ?

Tant de nobles détails me sont encore tus
Tant et tant de questions, aux réponses inconnues
Quelles sont vos passions, quels sont vos passe-temps ?
Vos goûts sont-ils classiques, où sont-ils décadents ?

Aimez-vous la musique, ou plutôt la peinture,

Ou bien préférez-vous la bonne littérature,
Horace de Viel Castel, le Duc de Saint-Simon
Ou les mémoires de guerre du Comte de Mac Mahon ?

Et qu'en est-il du sport, de la chasse, du polo
Des longues promenades avec le sac à dos
Le déjeuner sur l'herbe, le rustique feu de bois
La cantate des cigales, et le chien qui aboie
Poursuivant son destin, caché dans un buisson ?

Pardonnez-moi l'audace de toutes ces questions
Je vous connais à peine, et déjà vous soumets
A mon esprit curieux, un tantet indiscret

Cependant, Cher ami, il vous faut me comprendre
Je ne puis consentir à n'importe quel gendre
Lequel doit être digne de la main de ma fille
Et de la haute noblesse, refléter l'estampille

Icelui doit briller, et être beau parleur
Se conduire dignement, en tout lieu, à toute heure
Et connaître sans faille usages et conventions
Qui font office de loi dans les bonnes maisons
Silence

Par cette conversation, j'ai d'ailleurs constaté
Que vous réunissiez toutes ces qualités
J'en suis très satisfait, croyez-le, Cher ami
Les parfaits gentilshommes sont si rares aujourd'hui !

Musique suave et romantique

Et… avec un émoi, que je ne saurais taire
J'imagine déjà, le cœur encore tremblant
Une larme sur la joue de ses paupières amères

Ma fille murmurer le « oui » du consentement

Et j'imagine encore, en ces noces bénies
Ma fille vénérée, enfant devenue femme
Embrasant l'embrasure de mon cœur, de mon âme
Embrassant son destin, ainsi que son mari

Chère Marie-Antoinette, je l'ai vue s'épanouir
Poser tout doucement son regard sur le monde
Son regard ébahi derrières des boucles blondes
Et esquisser aussi ses tous premiers sourires

Ahh… savez-vous, ma fille ? *silence* Non, vous ne savez pas
Ma douce fille unique, aux yeux de terre de Sienne
O miroir vénusien des splendeurs vénitiennes
Qui est toute ma vie, et même bien au delà

Non vous ne savez pas, ce que la grâce veut dire
Si vous n'avez jamais croisé le pâle regard
De cet ange de Cythère, dont le rire de cithare
Transmue sitôt l'enfer, en Eden, en désir

Non vous ne savez pas, mais peut-être bientôt
Aurez vous pour épouse, la noblesse et l'amour
La beauté, la sagesse, le bonheur, sans détour
La quiétude, et le charme, la douceur…

Comme une furie, Marie-Antoinette rentre de voyage, habillée de façon légèrement affriolante

Marie-Antoinette:

Vous ici !
Eh ben papa d'amour, pourquoi rentrer si tôt ?
Votre monture a-t-elle bousillé ses sabots ?
Ce n'est pas votre genre, petit marquis chéri

De quitter avant l'heure, ce qui fait votre vie

Marquis : Ahh !!!! Ahh…ssez, assez, assez petite impertinente
Où est votre raison, devenez-vous démente
Pour tenir de la sorte des propos si odieux
Des mots si exécrables, en un genre si honteux ?

Perdîtes-vous la souvenance, en l'espace de dix lunes
Qu'on ne donne point à voir, ces foucades importunes
Et que dans mon domaine, il ne sied de parler
Au maître de maison, en termes éhontés

Reprend son souffle

Ah, comment osez-vous faillir à la vertu
Parlant comme vous le fîtes, devant un inconnu
Car sachez que ce noble, ce riche hobereau
Ce charmant gentilhomme, sans excès, ni défaut
Est en ces lieux présent, en quête de Chimène
Dans l'espoir de conclure, un valeureux hymen

Marie-A : Se marier, mais qui donc ?

Marquis : Mais vous, ma pauvre enfant

Marie-A : Et vous décidez ça, sans mon consentement ?

Marquis : Oh prenez garde, ma fille, ne soufflez plus un mot
Ou ma bile s'échauffe, à vous rompre les os

Je veux seul choisir, et seul je choisirai
Qui pour vous épouser, possède assez d'attraits

Marie-A : Quel honneur !

Marquis : Plus un mot…

Marie-A : Quel horreur

Marquis : Faites-la taire !

Marquise *qui est arrivée, en entendant les cris*

Ma fille, vous exténuez, ce me semble, votre père
Lors, cessez s'il vous plait

Marquis : même s'il ne vous plait pas

Marquise : De jouer ce numéro qui ne nous distrait pas

On entend la pendule sonner 4 fois

Marquis : Diantre, déjà quatre heures, il me doit sans retard
De jeter un coup d'œil sur mes deux-mille hectares
Que j'observe le labeur de mes vils paysans
Savoir s'ils ont dormi, lorsque j'étais absent

Se retourne vers Auguste

En attendant, mon cher, nous ferez-vous la joie
L'honneur et l'avantage, de rester sous ce toit
Quelques heures, quelques jours, au moins jusqu'à demain
Vous êtes ici chez vous, mon très cher…

Auguste : Auguste

Marquise : …stin

Le marquis s'en va, la mâchoire serrée. Troublé, il se trompe de direction, et repasse devant tout le monde dans un silence assourdissant…

*   *

Marie-A : Mais qu'est-ce que c'est que cette histoire de fou. Ma parole, il est tombé sur la couronne. Et toi, tu vas enfin m'expliquer ? Je m'en vais pendant dix jours, et à mon retour, je suis logée, blanchie, nourri, casée. Tu aurais pu au moins me prévenir, ou par exemple m'envoyer un télégramme me disant : Ma chérie, stop, ne cherche plus, stop, nous t'avons trouvé un mari, stop, tu verras, il a un physique particulier, stop, mais il a des qualités, stop. Si tu veux le voir avant le mariage, dépêche-toi de rentrer

Marquise : SSSSSTTTOOOOPPPPP (*agressive et menaçante)*
Maintenant, ça suffit, tu dis n'importe quoi. Et puis, vas faire ta toilette, tu sens le wagon lit à trente lieux à la ronde.

Marie-A : Raté, j'ai voyagé dans le wagon restaurant…

Marquise : Allez, ça va, ne discute pas. A la gare comme à la gare, et magne toi le train. Passe-toi la tête sous l'eau. *Tout bas* Et tâche de te noyer…
Marie-Antoinette, vexée, s'en va.

Auguste : Mais dis-moi, c'est une manie chez toi d'envoyer les gens s'nettoyer, Après le cocu, la coquette. C'est freudien.

Marquise : C'est un bon moyen de s'en débarrasser sans se prendre un savon.
Et en prime, ça donne le temps de réfléchir. Parce que crois-moi, la situation commence à sérieusement se compliquer. D'un côté, mon mari va vouloir préparer le mariage et tout faire pour le hâter. De l'autre, ma fille va

tout nous faire rater. Dans le meilleur des cas, je vais me mettre à dos, et ma fille, et mon mari.

Auguste : Alors ?

Marquise : *pleine de courage*
Alors, il faut trouver une solution. Quitte à prendre des risques. A moi de tenir le flambeau de mes responsabilités, pendant que mon pauvre bougre de mari tient la chandelle. *Silence* Demain matin, j'irai trouver ma fille. C'est le moment où elle est le plus vulnérable. Je lui dévoilerai avec le plus de diplomatie possible la vérité, en lui faisant comprendre qu'une femme moderne ne peut se contenter d'un mari du moyen âge, qui ne pense qu'à ses chasses, à ses chiens, à ses chevaux, à ses arbres généalogiques, ou à la guerre de cent ans. C'est vrai quoi, c'est pas une vie, pour une pauvre femme comme moi. Non mais alors…
Voilà. Qu'est-ce que t'en pense ?
Silence
Dis, Auguste, qu'est-ce que t'en pense ?

Auguste : Hein ?

Marquise : Ma solution, qu'est-ce que tu en penses ?

Auguste : Très bien, non vraiment… Très bien.
Se lève du canapé, ragaillardi…
Elle est même…ravissante.

Coup de gong

Deuxième tableau

Décor très dépouillé, devant le rideau en avant scène.
Deux paysans discutent, appuyés sur une botte de paille. Le premier est vieux, très couleur locale, avec un fort accent, par exemple sarthois ; le deuxième est jeune, plus citadin.

Fond musical - bourrée de Bach...

Premier paysan : Ah bah le Marquis

Deuxième paysan : Ah, ça l'Marquis

Premier paysan : ça tu peux l'dire… le Marquis… Quel bouffon d'encrotté

Deuxième paysan : A bouffer du curé

Premier paysan : Y a t'y point idée d'être aussi entêté.

Deuxième paysan : Plus con qu'une vache

Premier paysan : *réfléchit* Avec ses cornes

Deuxième paysan : Ou qu'un tracteur

Premier paysan : Avec sa remorque

Deuxième paysan : Ou qu'un hangar

Premier paysan : Avec sa porte

Deuxième paysan : Ou qu'un râteau

Premier paysan : Avec son manche

Deuxième paysan : Ou qu'une botte de foin

Premier paysan : Avec ... Mais elle au moins, tu peux les attacher. Ah bah le Marquis

Deuxième paysan : Ah, ça l'Marquis

Premier paysan : ça tu peux l'dire… le Marquis… Quel bouffon d'encrotté

Deuxième paysan : A bouffer du curé

Premier paysan : T'as vu ça ? Y voudrait nous mettre sur la paille.

Deuxième paysan : T'inquiète pas.

Premier paysan : A cause que ?

Deuxième paysan : A cause du procès que j'lui ai collé aux fesses. C'est moi qui te l'dis ; Y va pas s'en sortir comme ça. C'est pas demain la veille qu'y va pouvoir s'asseoir confortablement sur ses bergères Louis XV.

Premier paysan : C'est donc vrai ?

Deuxième paysan : Aussi vrai qu'deux et deux font quatre.

Premier paysan : Ah bah le Marquis

Deuxième paysan : Ah, ça l'Marquis

Premier paysan : ça tu peux l'dire… le Marquis… Quel bouffon d'encrotté

Deuxième paysan : Tellement bouffon et tellement encrotté qu'y va faire tellement d'foin pour nous mettre sur la paille qu'il aura plus d'oseille pour nous payer notre blé.

Premier paysan : Ruiné, l'Marquis ?

Deuxième paysan : Complètement ruiné. A bouffer chez l'curé. C'est plus sur ses bergères Louis XV qu'y va pouvoir s'asseoir. C'est dans la bergerie
Il rit grassement

Premier paysan : Ah bah le Marquis

Deuxième paysan : Ah, ça l'Marquis

Premier paysan : ça tu peux l'dire… le Marquis…

*   *

Troisième tableau

La Marquise est toute seule, en train de prendre son petit déjeuner. Sa fille la rejoint.

Marquise : Bonjour ma chérie

Marie-A : humm

Marquise : ça va ?

Marie-A : Nnoui

Marquise : ça a pas l'air

Marie-A : Nnsi

La marquise fait griller du pain ; Silence.

Ensemble : Y faut que j'te parle !

Ensemble : ça tombe bien moi aussi !

En même temps : *la fille :* j'aimerais que tu m'expliques ; *la mère :* voilà, j'vais tout t'expliquer

La marquise lui fait signe de parler

Marie-A : J'aimerais bien que tu m'expliques à la fin cette histoire qui veut rien dire. C'est maintenant ou tout de suite. Papa est chez son avocat, j'sui pas encore trop énervée, et le mec, enfin le type… je veux dire, mon futur, - impératif pour mon père, mais j'le préférerais au conditionnel- , est dans le jardin.

Marquise : Parfait. Plus que parfait. Ton futur, comme tu dis, oublie-le, c'est du passé. *Regard ahuri de Marie-Antoinette*
En fait, le mec, enfin le type, c'est ... c'est...

Marie-A : c'est quoi ?

Marquise : c'est...

Marie-A : c'est quoi ?

Marquise : c'est... Tu connais l'nouveau testament.

Marie-A : Papa a fait un nouveau testament ?

Marquise : Mais non, la bible.

Marie-A : Ah oui, bien sûr, la bible...*haussant les épaules*
Mais pourquoi tu m'parles de ça ?

Marquise : Parce que dans l'nouveau testament, y a un épisode qui s'appelle les noces de Cana. Un couple se marie, et...

Marie-A : Mais enfin, tu t'fous de moi. C'est tout ce que je veux éviter. Les noces, le couple, la réception. Je manque de rien, moi. J'ai pas besoin qu'on aille me chercher un mari au jockey club ou dans l'nouveau testament. T'as toujours pas compris ça ?

Marquise : Mais si, j'ai compris. C'est juste une parabole. Un moyen de te faire comprendre. Alors écoute moi, et garde ton calme.

Marie-A : *hurle* Mais je SSUUIIIISSS CAAAALLMMMME

SILENCE

Marquise : *tout bas.* A la réception des noces de Cana, on finit par manquer de vin. C'est la consternation parmi les convives. C'est alors que Jésus, que l'on vient trouver, transforme l'eau en vin. Un vin délicieux. Les convives s'étonnent même que l'on ait gardé le meilleur pour la fin…

Marie-A : Mais, mais…*(se retient de hurler)*

Marquise : Et bien moi, je n'ai pas essayé de transformer l'eau. De toute façon, c'eut été … en vain. Mais pour faire plaisir à ton père, j'ai transformé Auguste… en Augustin, je lui ai donné un nom…

Marie-A : Mais enfin t'es complètement folle ? Complètement siphonnée. Va te faire soigner. Qu'on lui apporte du valium, des gouttes, une camisole. C'est qui d'abord, ce type. C'est qui c'est Auguste, au juste ?

Marquise : Augustin…

Marie-A : Mais je m'en fous qu'il s'appelle Auguste, Augustin, Jésus, Donald ou Belzebuth. C'est qui ce type. C'est mon futur mari, oui ou merde.

Marquise : *tout bas*... merde

Marie-A : C'est mon futur mari ?

Marquise : C'est *pas* ton futur mari.

Marie-A : C'est qui alors ?

Marquise : C'est, c'est… c'est un ami.

Marie-A : C'est un ami ? C'est un ami ? *silence* C'est ton amant ? C'est ton amant ? C'est ton amant !! C'EST TON AMANT !! Réponds !

Marquise : *tout doucement, vaincue.* C'est mon amarre. Mon seul lien avec la vie. C'est grâce à lui que j'y suis encore attachée. Parce que tu sais, avec ton père…

Marie-A : Ben voyons, et qu'est ce que tu fais avec lui ? Tu fais l'amarre dans le cours de ton lit. C'est ça ? C'est ça, hein. Et tu t'es crue obligée d'enjoliver le tout avec la bible et les noces de Cana pour me faire tout avaler. Et pour que le mec reste ici, tu l'as fait passer pour un de mes prétendants. C'est ça hein, c'est ça. Réponds…

Marquise : Nonnnn

Marie-A : C'est ça. Ne mens pas.

Marquise : Noouii…

Marie-A : C'est pas ton amant ?

Marquise : NNNsi.

Marie-A : Mais c'est formidablement ignoble, ce que tu as fait. Epouvantablement dégueulasse. Atrocement immonde. J'ignore d'ailleurs si tout cela sera du goût de papa.

Marquise : Non, Marie, ne lui dis pas. Antoinette, à quoi ça sert…

Marie-A : Que je ne lui dise rien ?

Marquise : Marie, je t'en supplie. Si tu veux, on peut faire un marché. On peut…

Marie-A : Parce que tu crois, en belle égoïste que tu es, que je ne vais pas lui faire profiter de ta subtile machination, de ton scénario rocambolesque, de ton eau transformée en vin et de ton Auguste en Augustin. Ma chère, quand on essaye de payer des pots de vin, on paye les pots cassés.

Chez moi, y a pas d'miracle *s'en va en claquant la porte*

Marquise : *seule* merde, merde, merde, merde, merde, merde, merde, merde, merde, merde, merde, merde, merde, merde, merde, merde

Pendant cette litanie, Jean-Aymar, le professeur de piano de Marie-Antoinette arrive

Jean-Aymar : Bonjour Madame

Marquise : Bonjour, Jean-Aymar

Jean-Aymar : Votre fille n'est pas là, Madame.

Marquise : Si si… Parfois même un peu trop…

Jean-Aymar : Je vous demande pardon, madame ?

Marquise : Rien du tout. J'appelle ma fille.
crie
Marie-Antoinette, ta leçon de piano est arrivée…

Marie-Antoinette arrive en bougonnant, et fusille sa mère du regard.

Jean-Aymar : Bonjour Mademoiselle.

Marie-A : Bonjour Monsieur.

La Marquise s'en va. A ce moment, Jean-Aymar embrasse Marie-Antoinette, qui reste inerte et finit par repousser l'étreinte.

Jean-Aymar : *pendant sa tirade, Jean-Aymar joue éventuellement des séquences au piano*

Oh là, Mademoiselle est dans un mauvais jour. Pour changer ! Pourtant, Mademoiselle est allée se reposer loin de sa maman et loin de son papa. Ça aurait dû lui faire du bien. Au fait, c'est beau la Creuse. Y paraît que c'est le centre de la France, en plein milieu, paf. On m'a dit qu'il y avait aussi de superbes châteaux. Mais c'est vrai que toi, les châteaux, tu t'en fous.

A propos du centre de la France, c'est bien dans la Creuse qu'il y a une variété de lapins qui bouffent leurs excréments ? Oui, parce que tu sais, je suis en train de lire un bouquin passionnant sur les mœurs des animaux de la faune européenne.

C'est palpitant. J'imaginais pas qu'il y avait autant d'espèces si différentes. Et toutes fondamentalement originales. *Silence* Par exemple, le *marmottus octalpus à poil bleu* est un mammifère qui dort 23 heures sur 24, et pendant la dernière heure, il bouffe.

Tu me demandes pas quand il se reproduit ? Peut-être pendant qu'il bouffe, ou pendant qu'il dort. J'en sais rien. De toute façon, chacun fait ce qu'il veut avec son cul.

Silence

Et puis t'as aussi le Castorus basicus mordicus, castor des rivières souterraines que l'on retrouve en Italie centrale, à Cuba, au Vatican, en Terre de Feu et en Basse Normandie. Il respire avec un tuba fabriqué avec du torchis récupéré dans le Plaine du Pô, qui lui sert également de cure dent et de fétiche pour la saison des amours. Tu sais, nous on n'a rien inventé. Et puis t'as aussi le tigre du Pérou…

Mais qu'est-ce que t'as ; T'as vraiment pas l'air dans ton assiette. Raconte

Marie-A : Quelque chose que j'ai du mal à digérer…

Jean-Aymar : Et ce quelque chose.

Marie-A : C'est ma mère.

Jean-Aymar : Ta mère. Ça m'étonne pas. Elle m'a accueilli en disant « merde, merde, merde, merde, merde, etc comme ça sans s'arrêter. Pas très digeste.

Marie-A : Je suis sérieuse, Jean-Aymar

Jean-Aymar : Moi aussi, Toinette. Mais si tu me disais au moins pourquoi tu as du mal à digérer ta mère.

Marie-A : Ben voilà. Maman a un amant. Elle a essayé de me le faire gober sans que j'm'énerve, mais j'me suis énervée, et j'ai dit que je recracherai tout à mon père.

Jean-Aymar : C'est donc ça que t'as avalé de travers. Quelle petite trachée artère. Mais c'est génial !

Marie-A : Ah parce que tu trouves ça génial. C'est tout ce que t'as à dire. Me raconter tes débilités de castors souterrains, et me dire que c'est génial que ma mère ait un amant. Mais t'es vraiment complètement débile.

Jean Aymar lui met la main sur la bouche.

Jean-Aymar : On se calme, ma douce hystérique. Ça ne sert à rien de s'énerver,

Marie-A : Jean-Aymar, j'en ai marre. Dès que je te parle sérieusement, tu tournes tout en dérision. Maintenant ça suffit.

Jean-Aymar : Mais parce que ce que tu dis es dérisoire. Des femmes qui ont leur amant, et des hommes qui ont leur maîtresse, y en a cinquante au m2. Y a des statistiques là-dessus.

Eventuel jeu avec le public, mais éviter si représentation familiale, pour éviter de déclencher une nouvelle affaire Dreyfus.

Y a même des femmes qui ont leur maîtresse, et des hommes qui ont leur amant. Alors ta mère, elle est juste dans la moyenne, limite ringarde. Et franchement, tu pourrais un peu la comprendre, parce que ton père, euhh, il est un peu, euhh, coincé de la galipette.

Marie-A : Quoi, qu'est-ce que tu dis ?

Jean-Aymar : Si tu préfères, il a un peu le gicleur encrassé…

Marie-A : Pardon, tu peux répéter ?

Jean-Aymar : …le culbuteur encalminé ?

Marie-A : Ça suffit. Tais-toi. La ferme. Et fous la paix à mon père. C'est bien compris, alors vraiment ta gueule…

Jean-Aymar : *éventuellement chante « à la Johnny… »*
Qu'est-ce qu'elle a, ma gueule ?
T'énerve pas, mon colibri pacifique, et laisse moi t'expliquer enfin qu'avec cette situation, tu es en position de force. Profites-en. Ta mère, tu vas pouvoir la faire chanter. Alors, par pitié, pas de sonnerie au mort

Marie-A : La faire chanter ? Qu'est-ce que tu me chantes ?

Jean-Aymar : Mais oui, le chantage, c'est comme les belles-mères, ça existe. Qu'est-ce que ça change pour toi que ton père soit au courant du forfait abominable de ta mère ?

Marie-A : Ben ça change que…

Jean-Aymar : Rien du tout. Ne pas lui dire t'épargneras en prime la déprime, les cris d'horreur, les cris d'honneur, les cris du cœur, les …

AAAAAAAAAHHHHHHHHH,
Forfaiture, félonie, mon épouse m'a trahi
De ma gloire, de mon nom, je suis lors démuni
Quel est le roturier, l'infâme scélérat
Qui osa engager, sous mon toit, sous mes draps
Une cour éhontée, une cour si peu chaste
Quand à la chasse à courre, dans l'honneur et le faste
Le maître de maison, à mille lieux de penser,
Que sa femme, son épouse, put un jour le tromper
Traversait dignement, à cheval, au galop
Les bois de la royale, forêt de Fontainebleau ?

AHHHHHHHH,
Hommes et femmes d'aujourd'hui, en ces temps détestables
N'ont ils plus de raison, ne sont-ils plus capables
Leur femelle ou leur mâle brillant par leur absence,
De prendre leur femelle, ou leur mâle en patience ?

Et suis-je le fils unique, sur cette terre déchue
Ayant pour père et mère l'honneur et la vertu
Et suis-je le mari d'une femme infidèle
Laquelle pour me tromper, fit don de tout son zèle
A l'infâme affamé de femmes diffamées
Qui fit de mon épouse une ribaude éhontée ?

AHHHHHHHHHHH
Quelle abomination, quand le vice va et vient
Entre le déshonneur et le crime libertin
Et comment tolérer que l'odieux vice versa
Ses damnées tentacules dans l'antre du trépas ?

Toute ma mélancolie qui se mêle en colère
Aimerait voir châtier cet odieux adultère
Mais le puis-je, mais le puis-je ? Plutôt mourir moi-même
Que de devoir punir ma dulcinée que j'aime

D'un air vengeur
Ou bien qu'elle crève aussi, cette femme pécheresse
Qu'elle périsse de honte, que je meure de tristesse !

Silence

Marie-A : ça y'est. T'es content de toi. Tu peux pas t'empêcher de te foutre de mon père, qui n'a que deux choses à se reprocher : parler en alexandrin et avoir épousé ma mère…

Jean-Aymar : Et refuser que je t'épouse

Marie-A : Ça, il a pas tort. Allez, continue avec ton histoire de chantage, pour une fois que tu m'intéresses.

Jean-Aymar : Elle est divine. Délicieuse. Je continue, gonflé à bloc par un tel encouragement.
Je disais donc qu'il valait mieux pour toi ne pas raconter à ton père les méfaits et forfaits de ta mère ; qu'au contraire, en les taisant, tu éviterais une crise familiale légendaire, et de la part de ton père, le monologue déchirant en quatre strophes et catastrophe dont je viens de te faire écouter les meilleurs extraits.
En ne disant rien, tu es en position de force par rapport à ta chère mère. Tu peux donc obtenir d'elle tout ce qu'elle refusait auparavant

Marie-A : Par exemple ?

Jean-Aymar : Par exemple, qu'elle te donne plus de fric pour tes sorties, sans que tu aies besoin de hurler jusqu'à la mort pour l'obtenir…

Marie-A : *Peu convaincue* Bof, mais encore…

Jean-Aymar : Ou bien qu'elle accepte que tu te perces les oreilles, sans que tu sois obligée de lui crever les tympans

Marie-A : *Peu convaincue* Décidément excitant… Rien d'autre en boutique ?

Jean-Aymar : *D'un trait, en accélérant* Autre exemple (je suis intarissable), la petite soirée en soierie orgie décolletés gominées mœurs libres accès libre pas d'guichet à l'entrée, que tu voulais organiser, et que ta mère refusa, parce que ton père refusa, parce qu'à 18 ans, puis 20 ans, puis 22 ans, puis 24 ans, il ne sied d'organiser de tels événement où se manifeste une débauche chronique avancée, à une période où la maturation de l'individu exige une parfaite abstinence d'émotions débridées, pour que fleurisse sans entrave un esprit sain dans un corps sain, *mens sana in corpore sano*. Amen.
Cette soirée, tu en rêves, tu en crèves ! Non ?

Marie-A : *intéressée, mais ne voulant se l'avouer*. Et si elle refuse ?

Jean-Aymar : Tu chantes. Et elle déchante *rire gras et bête.* Par conséquent, il faut absolument que tu ailles trouver ta mère, et que tu la mettes, grâce à moi, devant son destin. Génial, génial, génial…

Marie-A : Oh écoute, reste modeste, d'autant que je me demande si l'idée que tu as eue n'est pas la première qui soit passable, depuis que je te connais.

Jean-Aymar : Oh, la bêcheuse…
Et puis, en plus, tu ne m'as toujours pas répondu pour mes lapins ?

Marie-A : Tes lapins ?

Jean-Aymar : Bah, oui, tu sais si c'est dans la Creuse qu'il y a des lapins qui bouffent leurs excréments ?

Marie-A : Mais c'est pas possible d'être vulgaire comme ça. Quand je pense que je viens de dire que tu venais peut-être de trouver la voie de l'inspiration. J'aurais mieux fait de fermer mon clapet…

Jean-Aymar : Ton clapier, tu veux dire !
Il rit de bon cœur, se met à genoux, et essaye de lui prendre la main
Et si c'était parce que tu viens d'ouvrir les yeux

*　　　　*

Quatrième tableau

On entend le marquis arriver dans un raffut du diable, suivi par sa femme qui ne comprend pas ce qui se passe. Marie-Antoinette et Jean-Aymar s'enfuient précipitamment

Marquis Peste soit cette chienne, peste soit la roture
Pestes ces paysans, ces viles pourritures
Mécréants sans vergogne, envoyés de Satan
Aussi dénués d'honneur, qu'ils sont avides d'argent

Je leur briserai les os, leur pourfendrai le crâne

Attrape un perroquet (porte manteau), et lui donne un coup de genoux

Et leur voix de ténor, glissera dans le soprane
Ils périront de honte, et ils mouront de pleurs
Leurs larmes dilueront le sang de la douleur
Mais rien n'apaisera l'enfer de leurs remords
Ni pardon, ni salut, non, rien… ni même la mort

Marquise Un peu de thé, mon cher, ou plutôt du café ?

Marquis Plait-il ? qu'ouïe-je, ma femme ? fi, vous me demandez
De choisir un breuvage, de vous dire si je veux
Du thé ou du café… Ventre Saint Gris, morbleu
Que vous êtes futile, ô mon très grand martyr

Il s'agirait plutôt, que nous puissions choisir
Entre le feu, l'épée, le sabre ou l'échafaud
Entre mon coup de grâce, ou celui du bourreau
Pour achever ces monstres, ennemis du genre humain
Ces infâmes créatures, peuplade de faquins

Marquise Mais enfin cher ami, pourriez-vous m'expliquer
Ce qui vous chauffe la bile, et vous rend exténué ?

Marquis Ce qui me chauffe la bile ? Ne saviez-vous donc point
Que mes vils paysans, alors que j'étais loin
Chassant dans l'insouciance, mes pensées et les cerfs
Du jour au lendemain, se sont pris pour Voltaire
Jouant les justiciers, les redresseurs de torts
Convoquant le parquet, et réclamant ma mort ?

Marquise Mais pour quels attendus, veulent-ils vous enterrer ?

Marquis M'enterrer ? Attendez, Félicie, attendez
Que je cuise d'abord, dûment, à petit feu
Que je grille peu après, sous la flamme des gueux
Et que je crame enfin, sous le poids du remord
De l'opprobre et du vice, écrasé par mes torts

Marquise Mais quels sont-ils, ces torts, que l'on vous reproche tant ?

Marquis De mal considérer mes fieffés paysans
De ne les payer point, de les exploiter trop
De préférer mes chiens, mes vaches, mes chevaux
A ces immondes pourceaux, à ce troupeau d'infâmes
Au cerveau en jachère, sans foi, ni loi, ni âme
Que je m'irai briser, avec l'aide de Dieu
Comme puissant étendard, brillant de tous ses feux !

Marquise *silence - ne sait plus quoi dire*
Heu... Un peu de thé, Pierre ? ou plutôt... du café ?

Marquis *surpris, mais faisant contre bonne fortune bon cœur*
Ce que voudrez, ma femme, comme bon vous semble, versez
Qu'importe le breuvage, pourvu qu'on ait l'ivresse
D'une vibrante victoire, sur les hautes bassesses
De ce monde déchu, dont les mutineries

Dont la fourbe révolte, teintée de hâblerie
Provoque les effets d'une ire sanguinaire
Que rien n'arrêtera, ni mes gueux, ni Voltaire

Versez ma chère, quoique, j'aimerais davantage
Me délecter du sang de mes pauvres sauvages
Qui se tournent vers le vice, comme d'autres vers la Mecque
A que je souhaiterais boire ce sang… cul sec

Marquise En attendant, mon cher, voici un peu de thé

Marquis Merci, ma femme, merci, *se met à rêver* vous qui me comprenez
Vous qui comme un grand charme, ombragez mes ennuis
Vous qui êtes le lys, de mes jours *silence, mais on lit sur ses lèvres,* de mes nuits

Mais à présent, ma chère, il me faut vous quitter
Pour quelque rendez-vous qu'il me doit d'honorer
Je m'en vais prendre avis, chez tous mes avocats
Afin de préparer, pour ces gueux le trépas
Qu'ils ont tant mérité, à force d'infamie
De mauvaises intrigues, et sombres vilénies
Peste soit cette chienne…

Mes hommages madame
Lui baise la main, fait quelques pas vers la porte, et se retourne très doctement, comme s'il faisait un discours à la fête de l'huma…

Le SOCIAL, Félicie, est une belle FLAMME
Qui éclaire les masses, dirige leur combat
Et assèche leurs larmes, salées comme le trépas
En les affranchissant de leur sort atrophié

Puis, il prononce chaque mot de la devise républicaine dans un énorme éclat de rire en crescendo... pour le dernier mot « fraternité », jeu avec le public pour qu'il le crie avec le marquis...

Ahhhhh, liberté, égalité, FRATERNITE

Silence

Brûlant de tous ses feux, une époque révolue

Grandiose

Le SOCIAL est une FLAMME... et je pisse dessus

Marquise ahhhh *s'écroule sur le canapé, à moitié évanouie, tandis que le marquis s'en va.*
Un temps.
La fille arrive, très guillerette.

Marie-A : Bonjour maman, tu vas bien

Marquise *encore affalée, et l'air pâle.* Ça pourrait pas aller mieux.

Marie-A : Tout est parfait alors, puisque papa, lui aussi, va très bien. Je l'ai croisé ce matin.

Marquise *affolée* Tu as vu papa ?

Marie-A : Ah oui, pardon, je suis désolée. J'ai eu l'impudence de croiser mon père. Non, vraiment, je suis désolée. Parce qu'en plus, il faut que je t'avoue l'inavouable : en prime, je lui ai parlé !

Marquise Qu'est-ce que tu lui as dit ?

Marie-A : Pas encore grand chose, sinon qu'il fallait a-bso-lu-ment que j'lui parle.

Marquise Mais tu sais bien qu'en ce moment, il est très occupé, avec ses histoires de procès avec ses paysans.
Il vaut mieux pas que tu l'dérange.

Marie-A : Justement, il m'a dit que je l'dérangeais jamais. Faut croire qu'il me pardonne ma sortie un peu folklorique de l'autre jour. A moins qu'avec ses soucis, il ait oublié.
Toujours est-il que je le vois ce soir. Il m'accorde un entretien.

Marquise Qu'est-ce que tu vas lui dire ?

Marie-A : Des choses…

Marquise Non, tu ne vas pas lui dire ! ça servirait à quoi ? Tu vas lui dire ça ?

Marie-A : Des choses…

Silence, puis brusquement, sous forme d'ultimatum menaçant

Tu vois maman, j'ai horreur du chantage, mais si tu ne te débrouilles pas pour convaincre papa d'organiser la soirée pour mes 25 ans, je lui dis tout, je recrache tout, tout tout tout…
Adieu bijoux, joujoux, froufrous, Pérou,
Bonjour grippe sou, licou, Moscou, nuit du 4 août, lalaïtou

Adieu, château, chevaux, cadeaux, perdreaux, lapereaux…

Bonjour plumeau, escabeau, rideau, métro, boulot, boulot, pas dodo…

Silence

Marquise: Mais tu sais très bien qu'il ne voudra jamais. Que la dernière fois que tu as abordé le sujet, il est rentré dans une colère noire, parce qu'à ton âge, on ne se dévergonde pas et patati et patata…

Marie-A : Aïe aïe aïe. Tu crois vraiment que c'est impossible. Aïe aïe aïe, c'est dommage, c'est vraiment dommage. C'est vrai quoi !
Tu inventes un scénario rocambolesque, avec la bible, les miracles, de l'eau transformée en vin, un certain Auguste adultère en Augustin prétendant pour sa fille adorée. Tu sais, tu aurais pu écrire une très mauvaise pièce de théâtre.
Et puis là, panne sèche. Quel dommage.
Ah, au fait, tu pars quand ?

Marquise Quoi ?

Marie-A : Je veux dire, quand fais-tu tes valises ?

Marquise Je vais faire mon possible, mais laisse-moi un peu de temps…

Marie-A : Je te donne jusqu'à ce soir

Marquise C'est du chantage !

Marie-A : Ah, non j'ai horreur de ça

Marquise Laisse moi au moins deux ou trois jours. Tu sais bien que ton père est occupé. Y faut que je prépare le terrain

Auguste arrive à ce moment

Marie-A : Tiens, Auguste, on te voit plus beaucoup. Où étais-tu passé ?

Auguste Oh, vous savez, je me promène dans le jardin, je fouine dans la bibliothèque, je m'cache. J'ai tellement la trouille de rencontrer votre père.

Marie-A : Oui et ben moi j'suis sa fille.
Alors, tu peux me tutoyer. Et puis tu sais, mon papounet, il est un peu soupe au lait, mais y va pas te bouffer.

Auguste Non, peut-être pas, m'enfin, bon. Et puis vous avez cette manie de faire des vers. C'est insupportable !

Marie-A : Oh tu sais, c'est une question d'habitude. Ça viendra. On a tout le temps. C'est une tradition de famille, qui remonte *fière* au XI siècle avant J.C

Auguste *estomaqué* Avant Jésus-Christ ?

Marie-A : Bon, d'accord, après Jésus-Christ, au temps des croisades, quoi. Epoque à laquelle l'aïeul de mon padre, qui s'était exilé, s'est entiché d'une mulâtresse ramassée sur les bords du Nil, qu'il ramena à Alexandrie, et dont il eut 14 garçons et une fille.
Ses quatorze fistons, il les envoya en terre sainte pour aller faire leur devoir de Chrétien mais ils furent zigouillés à la sortie d'Alexandrie par une bande de

copain d'Henri II d'Angleterre : 2 brulés, 3 écartelés, 4 tranchés en rondelles, et 4 morts de folie après 60 jours de chatouilles sur la plante des pieds avec des plumes de pans ramenées du zoo d'Alger.

Auguste siffle d'admiration

Depuis ce tragique événement, la famille du paternel s'est toujours exprimée en alexandrins, en hommage aux courageux bambins mis à mort près d'Alexandrie par la Perfide Albion, alors qu'ils étaient en route pour aller défendre le tombeau du Christ…

Tu sais mon paternel, il est un peu caractériel, mais dans l'fond, c'est un chic type, tu verras ; t'as rien à craindre de sa part, d'autant qu'il a tout à fait apprécié ta présence sous son toit. Alors, quand il arrive, évite de fuir, tu veux, ça la fout mal dans l'tableau.

Auguste Bon d'accord…

Marie-A : c'est vrai quoi. On a à peine fait connaissance, et tu vas t'enfermer dans la bibliothèque ou dans ta chambre !

On entend dans le fond la voix du marquis, furieux : peste soit cette chienne, peste soit la roture, haine ces paysans, haine ces pourriture

Auguste Bon, ben moi, je vais me promener

Marie-A : Et ben Auguste, qu'est ce que je viens de dire… Bon, allez, je t'accompagne

Auguste *troublé* Moi aussi
Marie Antoinette se tourne vers sa mère

Marie-A : Je te laisse jusqu'à ce soir !

Le marquis : Peste soient ces vermines, aux âmes vermoulues
Par la bave des chiens, la fiente des cocus
Un peu de thé, ma chère, j'étouffe de colère
Mon ire est à son comble, et comble mes artères

S'assied, et se prend la tête dans les mains

Selon mes avocats, l'affaire est mal en point
Le maire est communiste, ainsi que ses adjoints
Le juge est corrompu, le notaire est acheté
Le préfet est vendu, le curé est payé
Et l'évêque se défroque, les moines sont apostats
L'archevêque est une loque, le roi à Canossa

D'une traite en accélérant et en commençant à se tenir la poitrine

J'ai la police aux fesses, la justice est fichue
Le Garde des Sceaux au garde à vous me garde à vue
La cour d'Assises est sur le cul, la cour d'appel
Est condamnée en haute cours, laquelle accourt
Et chasse la cour de cassation, c'est Pearl Harbour

Le roi est mort, le roi est mort, vive le roi…ahhhhhh !
Il s'écroule dans le fauteuil, comme s'il était victime d'une attaque cardiaque

Marquise *très calme, voire gourmande*
Et bien, très cher ami, quel est tout cet émoi ?
Qu'avez-vous, vous êtes pâle, vous êtes même très pâle
Ce devait arriver, vous vous donnez tant de mal

Un domestique se pointe, attiré par les cris

Apportez du cognac, ou plutôt du champagne

Deux coupes, s'il vous plaît, il faut que j'accompagne
Ses derniers soubresauts, allons dépêchez-vous !

Quand le domestique revient, la marquise fait mine de paniquer, en lui donnant, quoique mollement, des claques, en s'excusant

Oh, pardon… Allons, un effort, réveillez-vous

Je crois bien qu'il soit mort. Exit son magistère

Commence l'oraison, solennelle

Son combat quotidien…

Domestique — Madame, laissez-moi faire

Marquise — C'est inutile, vous dis-je, faites sonner la curée
Rendez-vous au village, pour quérir le curé

En entendant ce mot, le Marquis se réveille

Marquis : Le curé, que me veut-il encore celui-là
Ce fantôme en soutane, noir comme un vil trépas
Il s'est trompé de dieu, il a voulu ma mort
Il a voulu ma tête, ma tête qu'il abhorre
Il n'aime pas les couronnes, à moins qu'elles soient de fleurs
Sauf de fleurs de lys

Marquise : Ah, mon cher, quelle frayeur !
Vous voilà revenu, enfin, c'est l'essentiel
Car sachez que déjà, je vous croyais au ciel

En fort bonne compagnie, la compagnie de Jésus
Et celle de tous les saints, dont vous êtes féru
Saint Louis et ses comparses… enfin, vous êtes vif
Me voilà rassurée

Marquis : Je suis même corrosif
Chère Félicie. Soyez tout à fait rassurée
J'ai une envie de vivre ! et je puis assurer
Que tous en ma demeure, et tous dans mon village
Je vous enterrerai ! *(doux)* vous, délicieux visage
Car je ne puis souffrir, l'idée de vous voir veuve
Avec tous les soucis, qu'entraîne cette épreuve
La gestion de mes terres, mes titres et mes rentes
Tout ceci est indigne d'une femme méritante

Furieux
Quant aux autres vilains, je les enterrerai
Du premier au dernier, hommes, femmes, enfants, valets
Vivants, si Dieu le veut : le juge corrompu
Le curé apostat, mes paysans fourbus

J'en passe, qui trépasseront, je serai fossoyeur
Des vices d'ici bas, de tous ces bambocheurs
Maraudeurs, ripailleurs, de tous ces charlatans
Râteleurs, quémandeurs, je les aurai vivants

Pétrisseurs de poteries, tripoteurs de tripots
Je les briserai tous, et leur romprai les os
Ecornifleurs, intrigailleurs, raccommodeurs
Batifoleurs, endoctrineurs, ensorceleurs

Verbiageurs, péroreurs, flagorneurs, esbroufeurs,
Rempailleurs, quémandeurs, maraudeurs, chapardeurs
Aguicheurs, débaucheurs, éreinteurs, massacreurs

Moucheurs, piocheurs, faucheurs, bêcheurs, racleurs,
baveurs

Rôdeurs, bâfreurs, voleurs, frondeurs, fauteurs, coucheurs

Seront un tas de chair, à point ou bien saignant
Silence – un peu désespéré
Mais dure sera ma guerre

Marquise : justement

Marquis : justement ?

Marquise Justement, je voudrais, cher ami, être là
Toujours à vos côtés. Vous serez parfois las
De tous ces vils combats, moi je serai ici
Apaiser votre peine, sera mon seul souci

Et toujours dans votre ombre, sans vous donner ombrage
Je saurai, s'il le faut, dompter tous les orages
Je serai votre épée, Durandal très docile
Vous aurez une épouse, une amie, un vigile

Marquis : vous m'émeu, vous m'émoi… je suis ému, ma chère

Marquise : Vous êtes aimé, mon Pierre, d'une femme qui est fière
De pouvoir vous servir, vous servir d'étendard
Trop indigne servante, trop indulgent César

Il sied lors mon ami, de réagir dûment
La situation est grave, vos fieffés paysans
Vous veulent trois pieds sous terre, vos amis de jadis
Se terrent comme des veules, les gens de la police
Se piquent de vous pincer, le village tout entier
Du curé au notaire, s'est même coalisé
En armée de brigands, que plus rien n'édulcore

Marquis : Le tableau est bien sombre, j'en conviens, comme la mort
Tout de noirs dégradés, et d'ombres dégradantes
La haine, le stupre, le deuil sont couleurs dominantes
Et point de point de fuite, la ligne d'horizon
Ressemble à un tombeau, affublé d'un bâillon

Son visage s'illumine

Seul un fragile espoir, égaye ce trépas
Qui m'est un doux viatique, un répit, un sabbat
La noble perspective d'élargir ma famille
De donner un époux, à mon unique fille
Ma douce fille unique, aux yeux de terre de Sienne
O Miroir vénusien des splendeurs vénitiennes
Voilà bien un répit, doux répit, oh, juste un
Juste un petit répit, prénommé Augustin

Marquise : Justement

Marquis : justement ?

Marquise : justement, ce répit
N'en est point. Augustin n'est pas le bon parti
Qui sied à votre fille. J'en suis donc revenue

Marquis : Mais que sont ces propos ma foi bien incongrus ?

Marquise : Point incongrus, hélas, croyez-le, mon époux
Votre peine est la mienne, je souffre ainsi que vous
J'eus souhaité comme il sied, que ce cher Augustin

Méritant hobereau, fut digne de la main
De votre fille unique, aux yeux de terre de Sienne
O Miroir vénusien, des splendeurs vénitiennes

Marquis : Ça je sais, mais la suite. Pourquoi jouez-vous ainsi
Du jour au lendemain, à vouer aux gémonies
Icelui qui était, à vos yeux sans rival
Et gendre irréprochable, et méritant féal
Ne l'aimez-vous donc plus ?

Marquise : Je l'aime encore, sans doute
Mais plus guère pour ma fille

Marquis : Mais je n'y entends goutte
Et ses titres, ses rentes ?

Marquise : justement

Marquis : justement ?

Marquise : Je me dois de confier de bien tristes accents
A vos oreilles lassées de tant de vilénies
Mais hélas, il faudra, boire jusqu'à la lie
Un calice rempli d'un insistant poison
Piquant comme l'ortie, amer comme le houblon

Car sachez mon ami, que je fis une enquête
Toute de minutie, parfois même indiscrète
Afin que de sonder dans le moindre détail
Le parti qu'Augustin offre pour épousailles

Hélas, mille fois hélas, ma conclusion s'entête

Augustin n'est point digne de Marie-Antoinette
A moins que de risquer une obscure mésalliance
Il faut donc renoncer à pareille dissidence
Et laisser en jachère un tout premier élan
Sentiment légitime de naïf engouement
Qui eut pu transformer votre fille en victime
Laissant à Augustin des dépouilles opimes

Un temps. Pendant toute la brillante démonstration macroéconomique exprimée dans un débit de plus en plus rapide, le Marquis blêmit et lâche régulièrement un pathétique « hélas »

Vous fîtes allusion à ses titres, ses rentes ?
Mais ils ne sont que ruines !

Silence

Lorsque l'humeur méfiante
D'opérateurs fébriles, sur la place de Paris
Entraîne partout ailleurs, un besoin de crédit
Qui grève le cash flow des multinationales
Provoquant un afflux de devises du Népal
Pour renflouer la chute des Sicav réméré
Qui défalquent le taux sur le second marché

Alors le trac du krach, entraîne une panique
Et un effondrement des cours de l'or d'Afrique
Et la ruine annoncée, *quoiqu'encore incertaine*
De ceux qui ont toujours troqué le bas de laine
Au profit des vertiges de la haute finance
Qui un jour ou bien l'autre, fait basculer la chance
Tournoyer les destins…

Marquis : Mais alors Augustin ?

Marquise : Gardons-le mon ami pour l'instant sous la main
Qu'il prolonge son séjour, en ces lieux, quelques temps
Ne risquons pas de perdre un précieux prétendant
Surveillons chaque jour la valeur du dollar
Car tant que la devise ne passe pas sous la barre
Des, *euh*, quarante centimes, Augustin peut alors
Espérer retrouver la voie des lingots d'or

Mais à trente-neuf centimes, Augustin devra faire
A chacun ses adieux, et puis goûter l'enfer
De la ruine certaine.

Silence

Mais tant que la devise
N'atteint pas cet étiage, ne lâchons point la prise !

Marquis : Mais je ne puis suspendre le sort de mon lignage
Aux caprices du dollar, cette devise de sauvages

Il n'y a qu'une seule devise : Dieu, le roi, et moi

Marquise : justement !

Marquis : *agacé* justement ! justement ! quoi, quoi, quoi !!!

Marquise : Pour ne point devenir l'otage de la finance
Provoquons le destin, saisissons toutes nos chances
D'offrir à notre fille le parti idéal…

Marquis : Soit

Marquise : Mais il sied pour cela,

Marquis : dites

Marquise : *tremblante* d'organiser un bal…

Marquis : *s'étrangle* Quoi ?

Marquise : … où seraient conviés, tous ceux des prétendants…

Marquis : Qu'entends-je un bal, morbleu, est-ce cela que j'entends ?
Vous voulez transformer, ce lieu de tempérance
En temple de l'opprobre, foyer de délinquance ?

Mais vous devenez folle, ma pauvre épouse est folle
Ahh un bal pour ma fille, qui n'a que vingt cinq ans
Faut-il revivre les crimes de la guerre de cent ans ?

Marquise : Je suis peut-être folle, mais vous risquez la ruine
C'est ce que tous vos gueux, depuis longtemps ruminent
Je suis peut-être folle, mais n'ai qu'un seul désir :
Redorer un blason, qui pourrait se ternir
Hélas bien promptement. Par quel autre moyen
Qu'offrir à votre fille, ô miroir vénusien
Des splendeurs vénitiennes, un parti éclatant
Qui vous ferait renouer, avec la gloire d'antan ?

Marquis : Justement !

Marquise : justement ?

Marquis : Ce n'est point un tel bal
Qui saura ranimer, la gloire immémoriale
Faut-il que la vertu, succombe aux impiétés
Faut-il que mon honneur, se meure dilapidé

Marquise : Mais sans argent l'honneur, n'est qu'une maladie
(Racine)

Marquis : Mais sans honneur l'argent, est une épidémie

Marquise : *de plus en plus pathétique,*
Alors soit, je suis folle, je suis folle de vouloir
La gloire de votre nom, qui ne saurait déchoir
Je suis folle, mon époux, je suis folle à lier
De refuser l'enfer, de ne vouloir plier

Enfermez-moi, ô Pierre, traînez-moi au cachot
Lestez-mes deux pieds frêles, passez-moi les anneaux
Je veux mourir demain, de n'avoir jamais su
Vous servir tout autant, que je ne l'eusse dû

Laisse-moi périr, Pierrot, ô que j'eusse désiré
Te servir davantage…

Marquis : mais ma mie, mais mais mais

Marquise : ô que je t'ai aimé, ne l'as-tu jamais su ?
N'as-tu jamais compris mon amour éperdu
Ce que tu fus pour moi

Marquis : mais ma mie, mais mais, mais

Marquise : Et si je t'avais dit, à quel point je t'aimais
M'eusses-tu regardé, un tantet attendri ?

Marquis : Mais ma mie, mais maman

Marquise : et si je t'avais dit
Que tu étais mon dieu, mon idole, mon Jésus
Mon soleil, mon génie des Carpates l'eusses-tu cru ?

Mon Pierrot, je me meurs, mon destin se consume
Je me meurs tout à fait, heureuse, sans amertume

S'approche du marquis, livide et se jette dans ses bras

Car je meurs dans tes bras

Marquis : Non, cessez de mourir
Félicie, c'est un ordre, il vous faut m'obéir
Reprenez vos esprits, ne mourez plus du tout
Emplissez vos poumons, respirez un grand coup
Car si mon déshonneur doit vous sauver la vie
Dieu me tiendrait rigueur de ne l'avoir compris

J'agrée ce compromis, qui m'est compromission
Vous aurez votre orgie, j'aurai mes convulsions
Et si la honte devait, m'emporter tout à fait
M'arracher à la vie. Et si la honte devait
Entonner pour toujours un motet sépulcral
C'est une fin comme une autre que finir sous les bals

* *

Entracte

Deuxième partie

Cinquième tableau

Auguste : *compte sur ses doigts*
Belle Marie Antoinette, ah, vos beaux yeux d'amour
Me font mourir franchement, aujourd'hui, pour toujours
D'amour, vos si beaux yeux, me font vraiment périr
Belle Marie Antoinette *elle se met à rire* Je dis pas ça pour rire

Marie-A : C'est mieux, un tantet mieux, pas très original
Ça sent l'odieux pastiche, c'est encore bien bancal
Mais bientôt vous saurez discourir comme il sied
En vers et contre tout, je n'ai pas d'autre souhait…

Poursuivez-mon ami *un temps* poursuivez, je vous prie

Auguste : Belle Marie-Antoinette, ah, vos deux yeux …jolis
s'arrête

Marie-A : A part ça ?

Auguste : … mais aussi, vos très divins cheveux
Me sont un firmament, un soleil de mille feux
Ah mes mots sont infirmes, maman. Ah, quel enfer !
Mais comment vous causez ?

Marie-A : Ne dérange pas ta mère
C'est toi qui m'intéresses. Qu'est-ce qu'ils ont, mes cheveux ?

Auguste : Vos cheveux, vos cheveux, ben euh, ils sont … (*triomphal)*
nombreux

Marie-A : Rime pauvre, ô ma détresse !

Auguste : alors j'aime… vos deux tresses
Qui ondulent et descendent, jusqu'à vos…

Marie-A : tu progresses…
Lentement, mais sûrement. Quoi d'autre ? ô preux poète…

Auguste : Ma muse s'amuse et m'use. C'est tous les jours ma fête !

Marie-A : Gémir ne rime à rien. Continuez, continuez…

Auguste : Euh, j'aime votre menton, moins… nombreux, mais sculpté
Dans la faïence. J'adore votre sourire sans fard
Que Michel-Ange ignore, même qu'il est mort ignare

Je chéris plus que tout votre gorge enivrante
Vallée sans silicone, qui m'émeut et m'enchante
Je vénère vos mains fines, votre pied coquet

Marie-A : Il manque un pied, Auguste

Auguste : D'accord, j'aime vos *deux* pieds
Quand ils marchent ensemble, l'un précédant l'autre, leur trace est ineffaçable

Marie-A : Maintenant, trop de pieds, comptez vos pieds, que diable
Il m'en faut douze, Auguste, comme les mois de l'année
Comme les apôtres, ou comme les œufs dans un panier
Comme les signes du zodiac, comme les amants d'ma mère

Auguste : Combien ?

Marie-A : Mais douze, enfin, c'est pourtant plutôt clair
Alors comptez, comptez !

silence

Auguste : Ne comptez plus sur moi !

Chère Marie-Antoinette, quand on aime, on n'compte pas

Musique suave.
Auguste prend Marie-Antoinette par la taille, l'embrasse tendrement.

Auguste : ou alors, on ne compte que jusqu'à deux…

* *

Sixième tableau

1er paysan : Ah, bas l'marquis

2eme paysan : Ah, ça l'marquis

1er paysan : Ça tu peux l'dire, l'marquis

2eme paysan : Quel bouffon d'encrotté

1er paysan : A bouffer du curé

2eme paysan : Encrotté jusqu'au cou. Encrotté jusqu'au cou, jusqu'au cou, maintenant, c'est sûr.

1er paysan : A cause que ?

2eme paysan : A cause du procès ; c'est qu'il avance le procès. D'après ce que m'a dit le cousin du juge, qui est un ami à ma femme, le dossier est tout cuit. Y a plus qu'à attendre les lingots en dédommagements de tous les manquements du Marquis.
Là-dessus, le bruit a couru dans tout l'canton ; tu verrais comment on m'respecte depuis tantôt.
Y a tout l'Crédit Agricole qui m'fait des courbettes.

1er paysan : Et ces lingots, qu'est ce tu veux en faire ?

2eme paysan : J'vais m'acheter le respect, Monsieur. On m'causera plus comme au temps jadis quand je serai sur le plus gros tracteur du pays.

On m'toisera pas comme avant quand on verra ma Suzette fagotée avec des rivières pleines de diamant pleins de carats.

1er paysan : Et ben, j'aimerais y voir sa tête, au Marquis

2eme paysan : Y paraît qu'il est devenu complètement fou. (*silence)*
Complètement fou.

1er paysan : Ah, bas l'Marquis

2eme paysan : Complètement zozo

1er paysan : Ah, ça l'Marquis

2eme paysan : Zozo complet

1er paysan : Ça tu peux l'dire, l'Marquis

Bourrée de Bach

* *

Septième tableau

Marie-A : *de très bonne humeur*
Je vois que tu as su te montrer très convaincante pour le bal !

Marquise : Que ne ferais-je pour ma fille ?

Marie-A : Que ne ferais-tu pour sauver les meubles… *la mère s'en va, l'air renfrognée*

Bon bah c'est pas tout ça, mais il faut que je fasse ma liste d'invités. Alors.
Déroule un long papyrus – pastiche don juan

Le Marquis Fabrice Le Walou de la Magouillère OK, celui-là, c'est tout bon…
Le Duc Léopold Eméno de Pékuhair Déheuaif de Géhachi. Ah qu'il est con celui-là. Allez, on le garde quand même pour papa.

Bertrand Leduff… C'est tout ? c'est un peu court. Allez, liste d'attente.

Xibogène Fessier du Moignon de la Champenoille. Qui c'est celui-là déjà ? Ah oui, le p'tit gros à lunette, qui louche avec des caries et une scoliose en plaque. Mais pourquoi il est sur ma liste ? Allez ouste, on n'a pas gardé les socialistes ensemble.

Le Comte Onésiphore de la Vigerie Ah, ce mec, et cette distinction, cette allure, et quel port de tête…
Le Marquis Adalbert de Fouillie Puissé. Ah, celui là, quelle tête de porc !

Auguste entre, l'air pénétré…

Marie-A : et bien, que faites vous là ?

Auguste : Un seul être vous manque, et tout est dépeuplé
(Lamartine)
C'est pourquoi je voudrais, et pour l'éternité
Plonger dans vos beaux yeux, de face et de profil
(Baudelaire)
Et sommeiller longtemps, à l'ombre de vos cils
(Baudelaire)

S'approche de MA, qui le repousse, amusée

Me repousserez-vous, méprisant mes assauts
Les plus désespérés sont les chants les plus beaux
(Musset)
Si vous me rejetez, ô songe mortifère
Laissez-moi m'endormir, au soleil de la terre *(Vigny)*

Je vous offre mon cœur, qui ne bat que pour vous
(Verlaine)
Si vous ne me croyez pas, tâtez donc les remous
Ne sont-ils pas sublimes, promesse de féerie ? *un temps*

Je dirai qu'ils sont beaux, quand vos yeux l'auront dit
(Vigny)

Votre chair spirituelle a le parfum des anges *(Baudelaire)*

S'oublie un peu !

De la croquer tout cru, crois-moi ça me démange

O mon été jonché de taches de rousseur

Je vogue vers ton front, où rêve la douceur *(d'après Mallarmé)*

Soudainement, conquérant, en faisant un pas de côté, en garde

Je veux tuer tous les hommes, qui approchent tes pas
Et s'il n'en reste qu'un, je serai celui là *(Hugo)*

Marie-A : Poète, lâche ton luth, et me donne un baiser.
C'est bien, tu progresses, mais t'as intérêt à faire fortune à cause des droits d'auteur. Entre les emprunts à Lamartine, le hold-up de Baudelaire, le pillage de Musset, et le vol à Mallarmé, ça fait du grisbi en perspective avec les familles du cercle des poètes disparus.

Bon, c'est pas tout ça, mais y a du pain sur la planche : organiser le bal, trouver un prêtre, me marier, organiser la cérémonie ;;;

Auguste : Vous vous mariez ? félicitations… (*triste)* Mais vous auriez pu me tenir au courant.. Et avec qui donc ?

Marie-A : Mais avec toi, gros nigaud !

Auguste : Av…, Avec moi ??? Mais … vous auriez pu me prévenir…

Marie-A : Tu es terrible toi. Faut tout te dire *(silence)* ; ben voilà, je te l'ai dit…

Auguste : *(pensif, dépassé mais amusé et heureux)* Et vous décidez ça sans savoir si je suis d'accord ?

Marie-A : C'est une tradition familiale, une de plus.
On parle en alexandrins, on s'engueule en permanence, on dit jamais qui épouse qui… C'est comme ça.

Bienvenue dans la famille ; tu vas sans doute la trouver malgré tout attachante. Il me tarde de t'en présenter les membres les plus remarquables… Sauf ma grand-mère : on n'est jamais trop prudent !

Silence

Auguste : Mais quel besoin de se marier ? On peut très bien vivre ensemble sans se marier ?

Marie-A : Ça, je sais que tu sais faire. Mais il faut penser à mon paternel. Le mariage, c'est sacré ; et à partir du moment où on sera mariés, il ne pourra plus rien faire. Et puis en plus, je voudrais voir la tête de ma mère.

Auguste : Mais elle va me faire une scène !

Marie-A : C'est normal, ça ne se passe jamais bien avec les belles-mères ; faut-pas t'inquiéter. Pourtant, on ne pourra pas dire que la tienne ne t'a pas soigneusement pré-sélectionné !

Auguste : Je sens que ça va être terrible, terrible…

Marie-A : Mais non, ne t'inquiète pas. De toute façon, on ne meurt qu'une fois.

Auguste : C'est juste cette fois là qui m'ennuie

Marie-A : Allez, ne fais pas l'enfant. Et aide-moi à coller ces timbres sur ces enveloppes.

Auguste : *(pensif et peu rassuré)* Je vois la scène d'ici. Ça va vraiment barder. Aïe aïe aïe…

Marie-A : *sur le ton du reproche*
Dis, pour quelqu'un qui veut plonger dans mes yeux, de face et de profil, qui veut pioncer à l'ombre de mes cils, m'offrir son cœur qui ne bat que pour moi, et zigouiller tous les gugusses qui s'approchent de moi à plus d'un mètre cinquante, je te trouve pas particulièrement empressé de pouvoir réaliser tous tes phantasmes.
Tu serais pas un peu frileux, limite frigorifié ?

Auguste : *piteux* D'accord, je me suis laissé aller… ça fait quand même beaucoup de choses à la fois ; et reconnaissez que ma situation n'est pas franchement facile.*(respire un grand coup)*
Mais très divine Marie-Antoinette, croyez-moi, je saurais me montrer digne de vous, et tout ce que je vous ai dit tout à l'heure avec un air un peu, euh…

Marie-A : *lui souffle* emprunté

Auguste : emprunté, d'accord, je le signe à nouveau autant de fois qu'il y a de poèmes d'amour dans la langue française.

Marie-A : Et ben voilà. Tu vois que tu peux quand tu veux. Allez, montre-la moi, ta langue française ; tu vas voir qu'une belle langue, ça peut servir *(MA lui colle les timbres sur la langue ; scène industrielle de travail à la chaîne…)*

*　　　　*

Huitième tableau

Scène de bal

Pendant quelques minutes, scène de bal pleine de vie. Musique forte (baroque) ; pendant toute la scène, on entend l'aboyeur annoncer les invités par petits groupes [au metteur en scène : si tu veux faire un clin d'œil à un ami, n'hésite pas à l'intégrer dans ta galerie de portraits en déformant son nom...]

Le Marquis Adalbert de Fouillie Puissé
Le Duc Olivier Balèse Hiéroi de Potic-Electrault
Le Comte François Broudeur Blanchard du Paf de Brène
Le Duc Romain Pacha de Bonne-Vanne d'Issoires Aumathin
Le Comte Thierry-Emile Miliar de Mil-Sabhors
Le Marquis Etienne Dolar-Héchère de Poule Fazène
Son Excellence Frédéric Venhams-Baston de Voelia
Le Chevalier Tristan Stacato-Pfif de la Touche d'Ivoire
Le Comte Brice Menu de Vilaine Coterie
Le Marquis Hugo Bourbier de Sache-Aufray
Le Duc Henri-Charles de Maloquais-Vizères
Etc.

Le marquis fait quelques apparitions, pleines d'obséquiosité, et disparaît.
Lorsqu'il apparaît, un convive de mèche fait un signe au DJ, qui mixe la musique, et passe à ce moment une valse.

Quand le Marquis s'éclipse, c'est à nouveau de la musique branchée, plutôt hard ; les couples de danse passent ainsi de la valse à la gesticulation psychédélique, en une chorégraphie destroyment grunge.

Le rideau se baisse.

Derrière le rideau, on entend quelques altercations entre Auguste et Jean-Aymar.

Le rideau se relève

Auguste sort dans le jardin, jurant, et se soulage contre un arbre. Jean-Aymar le rejoint, l'air agressif.

Jean-Aymar : T'as pas un peu fini de tourner autour de Marie-Antoinette. On dirait une grosse mouche. Alors maintenant, tu la laisses tranquille. C'est bien clair ? Sinon, j'te la coupe.

Auguste : Je crois que nous n'avons pas été présentés. Allez, passe ton chemin. On n'a pas gardé les musiciens ratés ensemble.

Jean-Aymar : Tu l'prends sur un autre ton, abruti, sinon j'te promets que tu regretteras longtemps d'avoir joué les jolis cœurs. C'est chasse gardée. Pigé ?

Auguste : Qui va à la chasse, perd sa place. Décidément, le bon sens populaire. Allez, rentre chez toi. Il est tard, tu vas te faire gronder par ta maman. Et puis tu devrais faire comme moi, sinon tu vas faire pipi au lit.

Jean-Aymar *bouscule Auguste* Ferme ta grande gueule, où j'te décapite. Ce sera un honneur pour un plouc comme toi.

Auguste : *hausse le ton* Mais c'est qui ce dégénéré. Des menaces, fausse couche, scrofule tuberculeux amoureux d'un firmament. Mais c'est moi qui vais te piétiner, petit pianiste pour petit hospice de petits sourds et petits malentendants, qui vais te fracasser ta petite tête de petit con contre un grand mur, Allez, dégage, p'tite merde.

Un convive, *attiré par le bruit* :

Olé, mais c'est qu'y a autant d'ambiance dehors que dedans. Allez, du sport. Venez-voir les coqs de combat.
Allez les bosses, allez les bleus. 50 sur Jean-Aymar.

Un autre convive : 100 sur Auguste

Un autre convive : 200 sur Jean-Aymar.

Un autre convive : 250, Auguste

Un autre convive : 300, Jean-Aymar. Mon dernier prix

Un autre convive, *nettement alcoolisé, qui arrive de loin, et qui crie* :

Un duel, un duel, un duel, vous dis-je. Un duel, vous crie-je. Je réclame solennellement un duel.
Vous n'allez tout de même pas vous étriper comme deux garçons de ferme près d'un mur qui sent la pisse.
Un peu de dignité les amis. Un duel, un duel !

Vous êtes ici dans une propriété qui a été le témoin de 10 siècles d'histoire. Soyez à la hauteur de la situation.
Faites vivre la tradition.

Un beau duel, comme dans les bons films en noir et blanc, au petit matin, à l'heure où blanchit la campagne, dans une clairière encore baignée par la rosée pénétrante, déjà bruissante des premiers chuintements d'herbe foulée par les enjambées aériennes des lapins de garenne matinaux.
Ah, un beau duel…
Qui vote pour le duel ?

Les convives, en chœur : Moi !

Auguste : *mi-amusé, mi inquiet* Allez les mecs, ça va, allez dessaouler. Un grand verre d'eau, et tout sera oublié ; ça fait beaucoup d'agitation pour pas grand chose ; Ciao…*se retire*

Le convive, alcoolisé :
Monsieur se débine. Monsieur a la trouille. Et ben elle est belle la France.

Jean-Aymar : Femmelette, ça m'étonne pas de toi. Allez, va jouer aux billes.

Auguste : OK, et ben si cet avorton le prend sur ce ton, je suis ton homme, et devant témoin. Comme ça les choses seront claires. Et puis au moins quand tu seras dans une caisse en sapin, tu pourras plus te faire gronder par ta maman.

Le convive, alcoolisé :
Vous avez entendu, ils sont d'accord. En ma qualité de juge impartial impromptu, je fixe le duel à lundi matin, 6

heures. Le vivant prendra son petit déjeuner après. A la santé du mort. Y reste plus que le choix des armes.

Auguste : Pistolet un coup à 40 m. C'est possible ça ?

Le convive : Tout est possible ; c'est la fête. Jean-Aymar, pas d'objection ?

Jean-Aymar : Pas d'objection ; Même à 50 km, je lui ferais pisser son intestin grêle.

Le convive : OK, tout est bouclé. Allez, les amis, pour fêter la bonne nouvelle, le retour de l'esprit chevaleresque et de la tradition, on se refait un p'tit cocktail.

Ils partent rejoindre la soirée ; on entend au loin

Un autre convive : 400 sur Auguste

Un autre convive : 450 sur Jean-Aymar.

Un autre convive : 500 sur Auguste

Un autre convive : 550 sur Jean-Aymar. Mon dernier prix

Neuvième tableau

Auguste : *enlaçant MA et comptant sur ses doigts, se baladant dehors, et tuant de temps à autre un moustique*
Ah, ma divine fiancée, bellissime, sime, sime, sime
Dieu que vous fûtes radieuse, pendant ce bal sublime
Vous rayonnâmes

Marie-A : rayonnâtes ! patate écarlate !

Auguste : Et vous ingrate, à pattes… je disais donc

Marie-A : : tu disais… donc

Auguste : je… mais si vous m'interrompez tout le temps, je ne dirai plus rien. C'est déjà suffisamment pénible de compter sur ses doigts pour vous dire que je vous aime, que vous êtes la plus merveilleuse des créatures

Marie-A : : bon d'accord, c'est promis, je ne te couperai plus. Reprends au moment où je rayonnâmes de toute mon âme, en toute hâte.

Auguste : vous rayo- Vous… rayon de lune, garni d'orfèvreries
Ô je vous aimerai, de la mort, à la vie *(B. Douvre)*
(silence)

Marie-A : : *pensive, et sur un autre ton…* Dis-moi, Gugusse, pour moi, tu serais capable de tuer

Auguste : *hésite* bah oui, évidemment. La preuve *(claque un moustique, et le montre dans ses mains, agonisant).* Et rien que pour vous, je vais l'achever.

Marie-A : Je veux dire, autre chose que des moustiques…

Auguste : *Effrayé* Y a des frelons dans le coin ?

Marie-A : Par exemple, tuer un homme ?

Auguste : Un homme ?

Marie-A : Si je te demandais de tuer un homme, parce qu'il me tourne autour ?

Auguste : Comme les moustiques ?

Marie-A : Comme les moustiques.

Auguste *grave* Puisque tu me le demandes, alors j vais te le dire ; je suppose que tu parles de Jean-Aymar. Alors, tu ne crois pas si bien dire. Je me suis accroché avec lui pendant le bal. Et on va se battre en duel après demain.

Marie-A : En duel ? Mais vous êtes toqués. Qu'est ce que c'est que cette plaisanterie ? Tu te payes ma tête.

Auguste : Pas une seconde ; elle n'a pas de prix. Ce qui n'est plus le cas de la mienne. L'engagement a été pris devant témoin. Le duel aura lieu à huis clos lundi, dans la clairière du Grand départ. Sympa d'ailleurs le nom !

Marie-A : *Pâlit* Mais t'es complètement fou. Il peut te tuer. Je m'y oppose formellement. Comment avez-vous pu accepter pareille stupidité ? J'irai trouver Jean-Aymar pour lui dire ce que je pense de lui. Ça simplifiera les choses.

Auguste : Ne fais pas ça… Il est capable de te tuer, surtout après notre altercation de l'autre soir ; il m'a pas l'air très équilibré. Mais ne t'inquiète pas. J'ai fait mon service militaire comme instructeur de tir ; je m'y connais en maniement des armes.

Marie-A : C'est vrai, ça ? vrai de vrai ?

Auguste : Vrai de vrai ?

Marie-A : Promis, juré ?

Auguste : Crapchu…

Marie-A : *long silence*
Dis, Gugusse. Alors pour moi, tu décrocherais la lune ?

Auguste *long silence* Avec les dents.

Marie-A : Et le soleil ?

Auguste Ça c'est pas trop mon rayon, et j'voudrais pas me cramer la langue. *Enthousiaste* Sauf que c'est vous le soleil, et finalement, je veux bien me la rôtir dans votre palais vénitien, me la carboniser sur vos canines, qu'on dirait de la porcelaine, me la…

Marie-A : Garde ta langue, surtout, ne te la carbonise pas, tu pourras plus me coller mes timbres de notre prochain bal, que nous donnerons pour nos noces de coton tige. Tu ne pourras plus me dire que tu m'aimes.

Silence
Gugusse, j'ai peur.

Auguste : Mais non, ne crains rien. Surtout qu'on a choisi le duel à 40 m. C'est pas dangereux, crois-moi ? Si Jean-Aymar arrive à m'tirer dessus, c'est qu'il est vraiment cocu.

Marie-A : *peu rassurée* Alors dans ce cas, il est temps que tu fasses ton testament. Allez, embrasse-moi, patate écarlate, embrasse moi.

Ils s'embrassent. La Marquise les surprend.

Marquise : Ciel mon amant ! Ciel mon amant !

Marie-A : Ciel, ta belle mère !

Marquise : Ah, mon amant m'a trompée. Ah, mon amant m'a trompée. Avec ma fille, MA FILLE… Mais quelle abomination, mais quelle horreur. *Se précipite vers sa fille.* Tu m'as piqué mon Auguste *la gifle*

Marie-A : *hystérique* Ça va pas ? Guenon en guenilles ?

Marquise : Ça c'est pour la guenon *la gifle,* ça c'est pour les guenilles *la gifle*

Marie-A : Mais elle est folle dingue. Ça se confirme !

Auguste : Vous énervez pas. On peut discuter. On peut s'arranger.

Marie-A : Bonne idée, Gugusse. Lundi-mardi-mercredi- avec moi, jeudi, vendredi, samedi, et dimanche après la messe avec la méduse hystérique rabougrie

Marquise : Ça, c'est pour la méduse *la gifle,* ça c'est pour hystérique *la* gifle, ca c'est pour « ra » *la gifle,* ca c'est pour « bou » *la gifle,* ca c'est pour « grie » *la gifle*

Marie-A : *part en courant, et en criant de douleur et de rage*
Je vais tout recracher à papa, tout tout tout tout

Auguste commence à courir après elle, mais la Marquise le rattrape par le bras

Marquise : Gussinet. Reste là. N'aggrave pas ton cas. Tu me fais déjà assez de peine et de mal comme ça. Ce petit flirte m'a beaucoup blessée, tu sais. Et je sais que tu n'aimes pas me faire de peine. Alors, demande-moi pardon, et reviens tout de suite dans le droit chemin.

Auguste : Mais, c'est que…

Marquise : Ah mon Gussinet, comment as-tu pu prendre le risque de me blesser sur un coup de tête ?

Auguste : Mais c'est que… c'est pas un coup de tête…

Marquise : Ah ça va reste convenable. J'espère qu'il te reste quand même un peu de dignité, Mon Gussinet. Ah, mon amour, je sais que tu rougis d'avoir sali un passé comme le nôtre. Tu te souviens de ces moments merveilleux que nous avons passés ensemble. C'est notre patrimoine à nous, à nous seuls.
Il me tarde de les revivre, de les recommencer ces parties de cache-cache où tu étais déguisé en toréador, et tu criais « coucou, la voilà, coucou, la voilà, coucou, maintenant elle est cachée, et coucou la revoilà », ô tu te souviens ; et quand tu rampais tout nu dans la cave, attaché par les pieds et que tu devais retrouver dans quel tonneau de vin j'avais jeté tes vêtements, rien qu'à l'odeur
Ah mon Gussinet, reviens faire un petit tour dans la cave, maintenant, tout de suite… A poil…

Auguste proteste, recule ; la Marquise essaye de l'attraper, de l'embrasser ; réussit seulement à attraper sa main, se met à genoux et l'embrasse. Le Marquis entre à ce moment, et très vite, la Marquise et Auguste s'enfuient

Marquis : AAAAAAAAAHHHHHHHHH,
Forfaiture, félonie, mon épouse m'a trahi
De ma gloire, de mon nom, je suis lors démuni
Quel est le roturier, l'infâme scélérat
Qui osa engager, sous mon toit, sous mes draps
Une cour éhontée, une cour si peu chaste
Quand à la chasse à courre, dans l'honneur et le faste
Le maître de maison, à mille lieux de penser,
Que sa femme, son épouse, put un jour le tromper
Traversait dignement, à cheval, au galop
Les bois de la royale, forêt de Fontainebleau

AHHHHHHHH,
Hommes et femmes d'aujourd'hui, en ces temps détestables
N'ont ils plus de raison, ne sont-ils plus capables
Leur femelle ou leur mâle brillant par leur absence,
De prendre leur femelle, ou leur mâle en patience ?

Et suis-je le fils unique, sur cette terre déchue
Ayant pour père et mère l'honneur et la vertu
Et suis-je le mari d'une femme infidèle
Laquelle pour me tromper, fit don de tout son zèle
A l'infâme affamé de femmes diffamées
Qui fit de mon épouse une ribaude éhontée ?

AHHHHHHHHHHH
Quelle abomination, quand le vice va et vient
Entre le déshonneur et le crime libertin
Ah ! comment tolérer que l'odieux vice versa
Ses damnées tentacules dans l'antre du trépas
Toute ma mélancolie qui se mêle en colère
Aimerait voir châtier cet odieux adultère

Mais le puis-je, mais le puis-je ? Plutôt mourir moi-même
Que de devoir punir ma dulcinée que j'aime
Ou bien qu'elle crève aussi, cette femme pécheresse
Qu'elle périsse de honte, que je meure de tristesse

Eventuellement, les quelques petites notes de musique de « Félicie, aussi… » (Fernandel)

Il reprend son souffle et crie avec force

Je te veux, monstre indigne - ô Félicie - occis
s'évanouit

Dixième tableau

Le convive arbitre : Messieurs, nous voilà donc à l'endroit idoine. Pour l'un de vous, ce sera peut-être le terminus *rire gras.* Ah, quelle superbe tradition. Un peu de raffinement dans un monde de porcs aux hormones. Pas vrai, hein ? Bon, puisque vous êtes pas causants, je vais me faire un plaisir de rappeler les règles du jeu.

Vous avez choisi le duel au pistolet un coup à 40 m. Je marque ici le point virtuel à partir duquel chacun va compter à haute et intelligible voix…

Marie-A : *arrive en courant, essoufflée*
Mais vous êtes déjà là, si tôt ?

Le convive arbitre : J'avais dit à l'heure où blanchit la campagne…

Marie-A : Et alors ?

Le convive : Et alors, la campagne a blanchi.

Marie-A : Mais comment pouvez-vous…

Le convive : A la couleur

Marie-A : … être assez stupides pour jouer ce jeu ridicule et d'un autre âge. En plus, c'est complètement illégal. Et vous serez ravis d'apprendre que j'ai appelé les flics, qui se pointeront dans 5 minutes. Alors, rentrez chez vous, si vous ne voulez pas qu'ils vous coffrent.

Le convive : Allez, arrêtez vos salades de poulet. On s'en fout des flics, quand l'honneur est en jeu, quand il s'agit pour la France de sortir de 5 républiques de trop, de près de 3 siècles de barbaries.

On s'en fout des flics quand l'enjeu est de montrer l'exemple pour les générations à venir, de régénérer le sang de ces jeunes bambins des villes et des banlieues engraissés aux séries américaines et shootés au rap.

Emphatique

Je demande d'ailleurs très solennellement que l'épitaphe de celui qui ne sera plus dans quelques instants mentionne que c'est grâce à moi, votre serviteur, qu'il est mort proprement.

A Marie-Antoinette .

Allez, maintenant, vous n'avez rien à faire ici ; ce duel devait être à huis clos ; alors je vous demande de vous retirer, d'autant plus que vous êtes une femme, ce qui se marie difficilement à ce divertissement que l'usage a voulu masculin *se radoucit.*

Vous avez beau être délicieuse, et hôte magnifique l'autre soir - je profite de l'occasion pour vous en remercier très chaleureusement (*à lui même* au fait, qu'est ce que vous faites, ce soir ?)– je me vois dans le regret de rappeler que le règlement, c'est le règlement. Puissiez-vous donc disposer ?

Marie-A : Pas question, je reste.

Le convive : Alors, faites vous toute petite. Pour des chevilles aussi fines, je ne peux que faire une entorse à la règle. Mais soyez la discrétion même. Je compte sur vous.
Bon, je disais donc qu'il vous fallait compter à forte et intelligible voix jusqu'à 20, *regarde Marie-Antoinette d'un air provocateur* et pas jusqu'à 22, ça va faire venir les amis de la charmante demoiselle.
Après quoi vous vous retournerez et viserez votre adversaire. C'est bien clair.

Auguste et Jean-Aymar opinent du chef

Le convive : Décidément pas bavard. *Il les voit en train de trembler* . Vous avez froid, vous ? Bon, Messieurs, c'est à vous.

Les duettistes comptent à petite voix tremblante jusqu'à 20 ; à chaque pas, Auguste et Jean-Aymar se retournent vers Marie-Antoinette ; à la fin, ils font un vrai demi-tour, tirent en même temps.

Simultanément, Marie-Antoinette s'écroule

On entend au loin la voix de la Marquise : Poule, ma poule.

A ce moment, le compteur du début traverse la scène, s'excuse (« ne vous dérangez surtout pas, je ne fais que passer, vous aussi d'ailleurs ») installe le compteur, qui indique 1.

Le convive pousse un cri d'effroi (« au secours, clairière ensorcelée... »), et s'enfuit.

La Marquise court pleine de rage et de haine vers Marie-Antoinette

La Marquise : Gussinet, je l'ai eue, la gueuse. Je l'ai eue. Ah mon Gussinet.

Elle tape dans ses mains de contentement, et les deux duettistes, qui titubaient s'écroulent d'un coup. Le compteur indique 2, puis 3.

Effrayée, la Marquise regarde ses mains, et part pleurer sur le cadavre de Gugusse.

La Marquise : Ah, mon Gussinet, noooooooooonnnnn, tu n'es pas mort, dis, réponds, c'est pas possible…

La Marquise se relève, et lève les bras au ciel, dans un râle sonore... On entend deux nouveaux coups de feu. Un sanglier passe comme un dératé, et traverse la scène. Au deuxième coup de feu, la Marquise, s'écroule à son tour.

Le compteur indique 4.

On entend au loin le Marquis, en coulisse, avec un factotum

Le Marquis : J'ai loupé le cochon, mais j'ai eu la cochonne.
Adieu, ô Félicie, et que Dieu vous pardonne
De m'avoir offensé, d'avoir cru légitime
De bafouer l'honneur, d'un époux magnanime

Fallait-il que ce fut, la seule façon, cruelle
Que vous ayez enfin du plomb dans la cervelle ?

Se radoucit un instant, puis laisse à nouveau éclater sa rage

Ah puissiez-vous ne point, croupir éternellement,
Dans les feux de l'enfer, aux agapes de Satan ?
Mais restez-y pourtant, quelques heures, quelques jours
Quelques mois, quelques siècles, bénéfique séjour,
Le temps de mesurer, l'offense que vous me fîtes
Et la peine, et la honte, ô maudite Aphrodite

Quant à toi, compagnon, le dernier des fidèles,
Va quérir la dépouille, mène la sous une stèle
Où je m'irai pleurer, les larmes de mon corps,

Mais fais vite, car il sied qu'ici chacun ignore
Ce sombre dénouement, en cette morne clairière
Personne ne doit flairer, le prix de l'adultère

Et surtout pas ma fille, aux yeux de terre de Sienne
O Miroir vénusien, des splendeurs vénitiennes
Qui serait terrassée, d'apprendre l'épilogue
De ce drame d'un autre âge, outrage au décalogue

Et si l'on te demande : « où donc est la marquise ? »

Réponds sans sourciller, avec force maîtrise

Emphatique

La marquise a choisi de hisser la voilure
Et s'est tristement égayée dans la nature…

Onzième tableau

1er paysan : Ah, bas l'marquis

2eme paysan : Ah, ça l'marquis

1er paysan : Ça tu peux l'dire, l'marquis

2eme paysan : Ça y est, c'est maintenant dans le journal. J'ai gagné mon procès, mon bonhomme. 10 millions de francs, rien que ça. Y paraît qu'le marquis, y crache ses entrailles de rage, y gronde, y hurle, y vocifère. Vraiment, ça chauffe, chez lui. Y sont tous à s'tirer dans les pattes. C'est sûr que maintenant, il a tout perdu le marquis, ses terres, ses rentes, ses chevaux, ses chasses ; Y a de quoi sauter dans le vide du haut de son donjon. Il a tout perdu : sa dignité, son honneur, jusqu'à sa morgue…

1er paysan : Jusqu'à la morgue. ?

2eme paysan : Qui sait ? C'est bien possible, parce que pendant qu'il crie comme un damné, « un coup de main, de grâce », le destin lui répond : « le coup de grâce, demain ». *rit grassement*

1er paysan Et ben si y a plus d'oseille, j'en connais une qui va pas rester longtemps.

2eme paysan : La Marquise ?

1er paysan : Pour sûr, la Marquise. S'il est ruiné, y a plus d'raisons qu'elle reste chez lui. Même avec ses amants, à cause qu'elle ne peut les avoir avec elle que quand l'marquis chasse. C'est quand même pas tous les jours.

2eme paysan : Ses amants ?

1er paysan : Tu es jeune. Evidemment ses amants. Sa couche, c'est un peu la salle des fêtes, le carrefour du village, le bureau de recensement. Qui ne s'est pas fait inscrire ?

2eme paysan : Parce que toi ?

1er paysan : Tous les ans, pendant la chasse au renard. Ce sera mon tour dans 15 jours. Après Georges, pendant la chasse au faucon, en Afghanistan, et avant Emile, pendant la chasse aux ours, en Laponie.
Tous les ans, à peu près 30 chassés-croisés. Tu sais, t'es ben le seul à pas…

2eme paysan : J'ai ma morale, monsieur

1er paysan : Morale ou pas, en attendant, la Marquise, elle se prépare sans doute à faire ses valises. Peut-être qu'elle s'est même déjà envolée. Faudrait que j'me renseigne pour connaître sa nouvelle adresse. J'ai pas l'intention de passer mon tour.

2eme paysan : ce pauv' Marquis. J'pensais pas qu'à cause de moi, y se retrouverait à ce point tout seul.

1er paysan : A bah l'marquis

2eme paysan : Tout seul, tout seul.

Bourrée de Bach

Douzième tableau

On voit le marquis enlacé... avec sa maîtresse, sur le même canapé, et dans la même position que la Marquise et Augustin au début de la pièce. Il s'embrassent, mais le marquis est très tendu...

La maîtresse : Vous êtes pâle marquis, pâlot, tout pâlichon
Et mes baisers ne savent, hélas! faire diversion

Lui tend un verre

Le Marquis : Je suis pâle comme un homme qui vient d'occire sa femme
Et qui craint l'avènement du jugement de son âme
Dieu saura-t-il encore, accorder sa clémence
Au pécheur que je suis, entré en décadence ?

Siffle le verre

La maîtresse : Comment-ça décadence ? Rien pourtant n'autorise
Pareil délire verbal – hyperbolique - qui frise
L'auto-flagellation. Chassez ce sentiment
Coupable

Lui tend une autre coupe

de culpabilité. Non vraiment
Après les mille forfaits, de votre Félicie
Ne craignez pour votre âme, elle est hors de soucis

Et baisez-moi le cou, ah mon tireur d'élite
Qui êtes un bloc de roc, là où tout se délite
Et l'honneur, et la foi, et l'ordre, et la morale,
Vous êtes là marquis, fier donjon féodal
Dominant les bassesses et les fieffés instincts
De vos contemporains, qui ne comptant pour rien,
Savent pourtant attiser le mal et ses génies

Voyez vos paysans, experts en vilénies
Voyez votre moitié, deux tiers fourbe, trois quart chienne
Qui parvient même, occise, à faire bouillir vos veines
D'un sang plein de remords.

Lui tend un autre verre, et crie, persuasive

Mais Dieu vous plébiscite,
D'avoir à Ses côtés, puni la sodomite !
Mais Dieu vous ovationne, dans la lutte sans merci
Menée contre le Mal, où Satan travesti
En paysans, en Félicie, prétend – ô fou
Nous imposer son joug. Ne tendez votre joue

Que pour que je la baise, non pour que Lucifer
Y trace avec son glaive, les cinq lettres de l'enfer.

Le Marquis, *déjà ivre, cherche ses mots, la voix pâteuse*

Vous…Vous croyez, Monique, que Dieu ne me juge point ?

La maîtresse : Mais c'est une évidence, car il sait mieux qu'aucun
Quelle est votre droiture, quel fut votre calvaire
Ô Marquis, mon amour, mon Pierre, ô tu es pierre
Et sur cette pierre, mon homme, bâtissons notre église
Sachons sur les bassesses, imposer notre emprise

Tu es pierre, toutes pierres, aux multiples visages
Et je veux te louer, jusqu'aux plus loin parages
Car tu transmues le Mal, le vil, et le bestial
En figure de l'amour, ô pierre philosophale

Tes épaules sont une voûte, un divin sanctuaire
Pour ériger le Bien, O toi pierre angulaire

Qui bâtit sur le neuf, brûle les oripeaux
Mais tu veux que Dieu seul, règne sur son troupeau
Et aux brebis galeuses, tu sais, pierre de touche
Faire subir l'ordalie, qui parvient dès la souche
A démasquer les torts, et percer l'illicite

Et quand le vice persiste, s'acharne en prosélyte
Tu t'opposes, hiératique, royale pierre d'achoppement,
Pour que trébuche le gueux, la gueuse ou le manant
Et malheur si ton ire se déchaîne sur le mal
Félicie sait ce qu'est une pierre tombale

Le Marquis, *ivre, de plus en plus incontrôlé*

ô ma douce, ô ma belle, ô mon tendre viatique
Ma dulcinée, ma vie, mon avenir, mon…hic !
Que ferais-je sans vous, sans votre réconfort
Qui donne sens à la vie, quand je me voudrais mort ?

Que ferais-je sans vos yeux, *hic !,* amendes honorables
Qui me sont un sonnet, un roman, une fable
Sans votre gorge profonde, vallée de mes langueurs
Qui sert en tout honneur, de rigole à mes pleurs

Sans vos lèvres acides, ventouses du dieu Vulcain
Que ferais-je sans vos hanches, qui sont ma loi d'airain
Que ferais-je sans ton cul satanique, nique-nique-
n'hic !
Qui affole mon gourdin, le bétonne et l'astique ?

Le marquis s'affale de tout son long sur le canapé

La maîtresse *à part*

Enfin ! Il commence à sérieusement tanguer.
Le coup de grâce n'est pas loin.
Ça faisait si longtemps que j'essayais de le rendre
pompette. Jusqu'alors sans succès. Profitons-en.

Tout haut, langoureuse ;

O Marquis, mon Pierrot, mon homme, mon âme, mon hymne
A la joie, vous savez que l'ivresse me domine (*le marquis : hiiic)*
Quand j'enserre vos épaules, quand je repose ma joue
Sur votre cœur. Alors, désormais à genoux

Elle se met à genoux

Je loue Dieu et les anges, les saints et les martyrs
Et demande au très Haut, très bas, dans un soupir
Faites-nous mourir ensemble, soudés, cœur contre cœur
Que l'amour éternel soit la dernière demeure
De nos corps en fusion, bouillonnants, extatiques
Comme une ardente lave, éruptive, volcanique

Le Marquis *éthyliquement sonné, chantonnant, tombe au pied du canapé*

Nique nique nique , ô ton cul, satanique, nique-nique

La maîtresse *à part*

Ça y'est, il est totalement murgé, rond comme une queue de pelle, fait comme un Polonais, pété comme un coin. Carrément rond.

Carrément rond : c'est sans doute ce qu'on appelle résoudre la quadrature du cercle. Cette fois ci, c'est la bonne. Ne gâchons pas cette chance. Saisissons là. Saisissons-le.

Tout haut, langoureuse ;
ô mon Pierre, mon Pierrot, j'ai encore une faveur
Qu'il me sied d'obtenir de votre très grand cœur
Vous savez que vous êtes, dans le bourg, le canton
Et même bien au-delà, dans toute la région
Un homme très respecté, dont les avis s'imposent

Chacun court vos conseils, sollicite votre glose
Votre nom, à lui seul, sait rallier les suffrages
Il a force de loi jusqu'aux lointains parages
C'est pourquoi je requiers votre précieuse caution

Elle sort un dossier de son sein, et s'adresse au marquis délicatement

Pouvez-vous s'il vous plait, signer cette pétition ?
Elle vise la défense de… *silence* sauterelles en péril
Victimes de pesticides dans la vallée du Nil.
En signant ces feuillets, faites œuvre bénéfique
Sauvez ces créatures, d'un destin tyrannique

Le Marquis *(en chantant)*
Nique nique nique, ah ton cul, satanique, nique-n'hic

La maîtresse (*continue, presqu'imperturbable)*
Il n'y a rien de plus simple, un paraphe me suffit
Sur chacune de ces pages, et vous signez ici

Elle lui tend les feuilles, pleine d'espoir ; il lui prend les pages

Merci pour ces sauterelles, qui vont reprendre espoir

Le Marquis *(se relevant, en hurlant et titubant, et en jetant les pages)*

Non, cachez ce blanc-seing, que je ne saurais voir

La maîtresse *blême*
Mais Pierrot, mais Marquis, pourquoi ce rugissement
Ce cri me terrifie, et me crève les tympans

Le Marquis
Je viens d'occire ma femme, je voudrais tuer mes gueux,
La ruine me menace, je cuis-hic à petit feu
Mon honneur est bafoué, on insulte mon nom
Et vous voulez qu'il serve, la cause de grillons !

La maîtresse
Des sauterelles, de pauvres sauterelles, hélas, qui vivent
Là bas, dans la vallée du Nil, sur chaque rive
Un horrible calvaire. Les puissants pesticides
Utilisés en masse par des gueux homicides
Dévastent sans vergogne, ces insectes martyrs

D'après les derniers chiffres, qui me font tressaillir
La moitié des victimes respirent difficilement,
Et presque les trois quarts, boitent horriblement !

O Marquis, où est-il, celui qui défendait
La veuve et l'orphelin ? Ce drame inique devrait
Affecter votre cœur, délier votre pathos…

Le Marquis *se redresse, hurlant, avec l'agressivité de l'éthylisme*
Touche pas à mon pathos !

La maîtresse *effrayée*
Ahhh….

Le Marquis, *tutubant, vient se placer au centre-scène, et hurle, les yeux exorbités, scandant lentement chaque syllabe*

PAS TOUCHE- A MON- PATHOS

Puis, de plus en plus en déséquilibre, il va s'écrouler dans un fauteuil...

La maîtresse

Comme vous voudrez Marquis, je n'y toucherai point
Je n'y toucherai plus, jamais !, Dieu est témoin
Croix de bois, croix de fer, si j'mens j'vais en enfer
Je n'y toucherai plus, je n'y toucherai plus guère

Langoureuse, elle va se placer derrière le fauteuil et commence à toucher ses épaules suavement

Pas plus que vos épaules,

Masse doucement ses épaules

viriles que j'aimais tant,
Caresser lentement, doucement, suavement

Le Marquis *de plus en plus crescendo*
Ahhh

La maîtresse *lui caresse le torse (éventuellement en déchirant sa chemise d'un geste brusque et sensuel)*

Pas plus que votre torse, que mes lèvres sucrées
Adoraient embrasser, humecter, mordiller

Le Marquis Ahhh ooohhhhhhhhhhhhhh

La maîtresse Pas plus que votre dos, que mes mains explorantes
Massaient, pinçaient, griffaient, sous vos plaintes expirantes

Le Marquis Ahhh ooohhhhhhhhhhhhhh

La maîtresse Sous vos cris,

Le Marquis Oôôôôôôôôôôôhaaaaaa

La maîtresse sous vos râles,

Le Marquis AAAHHAHAHHHA

La maîtresse vos hoquets,

Le Marquis HIHIHIHIHIHIHIIHIHIH

La maîtresse Harmoniques !

Le Marquis Haa ! Monique, nique, nique ô ton cul, satanique

La maîtresse Pas plus que vos jarrets, pas plus que vos oreilles

Le Marquis Mes jarrets, mes oreilles *(se bouche les oreilles en criant)*

La maîtresse Pas plus que vos chevilles, pas plus que vos orteils

Le Marquis Nonnnn, non, Ah ! mes ortilles, non, non, Oh ! mes cheteils

La maîtresse *presqu'hurlante*

Et pas plus que vos yeux, que l'amour exorbite
Je n'y toucherai plus, jamais ! car je vous quitte

Le Marquis Nonnnn !! ahhhhhhhhhhhh !! HHHHHHic

La maîtresse *tout doucement*
Adieu ! Si ! Je vous quitte, en un moment pourtant
Où j'aurais tant aimé, vous soutenir dûment
Pour être là, vous entourer, vous vénérer

Mais je ne sais hélas, me laisser enlacer
Par les bras forts d'un homme, partager son bonheur,
Partager ses angoisses, ses joies, ses hauts le cœur,
Si par son abstention, par son silence acide
Cet homme se retrouve, complice d'un génocide.

Le Marquis Nonnnn !! ahhhhhhhhhhhh !!

La maîtresse Adieu, Marquis, adieu, mon Pierre, adieu ivresse

Adieu car je m'en vais, trépasser de tristesse

Elle fait mine de partir et de s'écrouler à moitié

A Dieu, s'il veut de moi, à Dieu, s'il veut de vous
Adieu car je succombe, je me meurs, peu ou prou

Le Marquis *la rattrape comme il peut*

Mais non ! Odieux adieu, cessez de succomber
C'est un ordre morbleu, qu'il vous faut honorer
Aérez votre gorge, retrouvez vos esprits,
Saint-Pierre saura attendre un moment mieux choisi

Car si mon nom peut seul, sauver des scarabées
Dieu me tiendrait rigueur de l'avoir négligé
J'agrée ce compromis qui m'est compromission
Vous aurez mon paraphe, j'aurai mes convulsions

Et s'il me faut bientôt affronter des sarcasmes
Je dirai aux moqueurs, à tous ces ectoplasmes
Que Dieu me sollicite pour guérir des grenouilles
D'un destin mortifère. Moi, sauveur de dépouilles
Portier de l'empyrée, ange du firmament
Comme un néo-Noé, je renie le néant !

Si Dieu me prie encore ? Je préviens le déluge
Je bâtis l'Arche neuve, comme éternel refuge
Si Dieu me somme toujours ? j'entre en mission divine, (*se met à genoux)*
Et si le Père persiste ? Je me signe *(il se signe)* et je signe

S'empare de toutes les feuilles et signe frénétiquement chacune ; éventuellement, se met à signer les objets, le sol, la joue de la maîtresse...

La maîtresse A marquis, mon amour, mon homme, mon franciscain
Vous avez comme un ange, subi l'épreuve du Bien

Lui tend la cigüe

Buvez lors l'élixir des âmes bienfaitrices
Ce breuvage enivrant, liqueur réparatrice…

Il boit

C'était un test, amant, que vous avez passé
Le test de l'amour, pour les frêles, les damnés
En signant le décret, qui fait mourir la mort

Marquis : *commence à ressentir les douleurs du poison*
Ahhh

La maîtresse De millions de sauterelles, vous rachetez les torts
De la race de l'homme. Grâce à votre seul nom,
Qui sonne comme un viatique, vibre comme un pardon
Vous foulez la souffrance,

Marquis : Ahhh

La maîtresse au pied du Golgotha
Vous êtes la renaissance, vous êtes le rachat
Des vices d'ici bas, vous êtes l'harmonie

Marquis : Ahhh *(cris de porc égorgé)*

La maîtresse Et la résurrection, vous êtes toute ma vie
Vous êtes toute LA vie,

Marquis : Ahhh, je meurs, Ahh je crève

La maîtresse Vous êtes mon Adam, souriez à votre Eve
Et chantez l'allégresse, hymne du paradis

Marquis : Ahhh, je claque en enfer, j'expire, je dépéris

La maîtresse *à part*
Ça, pour des convulsions, ce sont des convulsions
Quelle force !

Marquis : Ahhh….

La maîtresse Quelle énergie !

Marquis : Ahhh….

La maîtresse Quel homme !

Marquis : Ahhh….

La maîtresse
Qu'il est mignon !

Marquis : Ahhh….

Le conteur passe, avec son panneau d'affichage, qu'il installe dans un coin. Va éventuellement s'installer très discrètement sur le canapé, sans bouger…

La maîtresse : Mais qu'est-ce que vous faites ici ?

Le conteur : Vous dérangez pas, je viens relever les compteurs

La maîtresse : *d'un ton détaché, amusé et sadique, mimant l'encouragement*
Repoussez des deux mains, le spectre de la mort ?
Il vous fixe, macabre, de ses deux yeux béants
Vous tentez de le fuir, et de fuir son néant
Mais vos efforts sont vains, il vous regarde encore

Elle éclate d'un rire généreux et sardonique

Marquis : Je meurs, je crève, je suis le veuf, l'empoisonné
O Mon Dieu, ô mon Père, puissiez vous m'accepter
En votre sein divin, loin des rives interlopes
Adieu, car je me meurs, je suis mort

Il s'écroule, totalement immobile pendants quelques secondes, se relève, hagard et héroïque, fixe le public, et hurle… avant de s'écrouler définitivement

VIEILLE SALOPE !!!!

Le rideau tombe, pendant que la maîtresse sifflote, fouille le marquis, lui retire sa montre, sa bague et son portefeuille….

Le compteur affiche le numéro suivant…

Voix des coulisses qui annonce le nom du décorateur, du costumier, de tous ceux qui ont participé à la pièce.
Le rideau se relève rapidement.

Treizième tableau

Dans le cimetière, le paysan et la maîtresse du Marquis sont autour de sa tombe. Ils essayent de se recueillir, chacun de chaque côté de la tombe, mais piquent en même temps un horrible fou rire gêné.

Le Paysan : Excusez-moi… C'est fou ce que l'air sec de ce cimetière me dessèche la gorge, me déclenche des picotements aux yeux, et à partir de ce moment, je peux plus m'contrôler, j'suis mort de rire.

La maîtresse : C'est comme moi ; mais moi, c'est le pollen des pissenlits. J'suis allergique.

Recommencent leur fou rire, mais ce coup ci de façon beaucoup moins coupable. A ce moment, le conteur vient installer son compteur, et salue discrètement le paysan et la maîtresse.

Le paysan : Vous le connaissiez ?

La maîtresse : Si je le connaissais ? On était cul…sans chemise. Un ami véritable. Un confident. Un homme formidable. Et tellement généreux.

La paysan : Généreux ?

La maîtresse : Si j'vous disais que grâce à sa générosité, j'suis devenue une des femmes les plus riches de la région.

Le paysan : Remarquez, c'est vraiment une coïncidence. Moi aussi, grâce à lui, j'ai gagné beaucoup d'argent !

Ensemble : Un chic type

La maîtresse : Et vous venez souvent le voir ici.

Le paysan : Non, seulement depuis qu'il est mort.

La maîtresse : Une mort brutale, paraît-il. Crise cardiaque, si j'ai bien compris. Un homme comme ça, quel gâchis. Et pas vieux avec ça.

Le paysan : Vous habitez dans le coin ?

La maîtresse : Pas loin d'ici. Mais surtout, je passais souvent quelques jours au château de Bleurbabeu, chez le Marquis.

La paysan : Ah oui, vous étiez vraiment de ses proches.

La maîtresse : Le tout premier cercle. Vertueux, je précise…

Le paysan : C'est peut-être pas tellement le lieu, mais vraiment, ça me fait un immense plaisir de vous rencontrer. Si vous m'autorisez, je vous trouve charmante, vraiment.
silence

Tiens, quelques gouttes. Quelle saison. Ça vous dit de profiter de mon parapluie ?

La maîtresse : Je savais que les amis du marquis étaient galants. *Silence* Quel calme. Quelle sérénité.

Regarde le trou creusé à côté de la tombe du marquis.

Visiblement, ils sont prévoyants, ici. Y font les trous à l'avance, vous croyez ? Ah, cette pluie, glaciale.

Le paysan : Et je ne vous ai même pas demandé votre prénom.

La maîtresse : Monique

Le paysan : Monique. Superbe. Ça rime avec magnifique ! C'est beau comme un firmament. Comme une voie lactée. Comme un champ d'azur où paissent des étoiles filantes. J'en profite, je fais un vœu.

La maîtresse : Et poète romantique avec tout ça. Et quel est le prénom de l'artiste ?

Le paysan : Jules.

La maîtresse : Quelle puissance ; quelle autorité. Comme Jules César. Ou comme Jules Romains pour le côté artiste. C'est vrai qu'à cause de César, Jules Romains, c'est plus logique que Jules Gaulois. Pas vrai ?

Le paysan : C'est plus logique. Mais vous savez, la logique

un temps ; l'orage gronde

Y a d'l'orage, ô désespoir….la pluie redouble ; on va être complètement trempés…

La maîtresse : Et c'était quoi votre vœu ?

Le paysan : J'peux pas vous l'dire. Et si je vous l'disais, j'aurais trop peur de paraître ridicule ?

La maîtresse : Quelle idée ?

Le paysan la prend par l'épaule. La maîtresse se laisse faire. Long silence ; Tête sur l'épaule.

Le paysan : Ça va vous paraître vraiment complètement délirant, mais je suis en train de vivre mon tout premier coup de foudre. Vous vous rendez compte. A quarante-cinq ans.

La maîtresse : *très romantique.* J'espère qu'il n'y en aura pas d'autre.

A ce moment, un coup de foudre tombe sur leur parapluie, et les deux corps tombent dans le trou creusé à côté d'eux.

Voix off sépulcrale qui vient du centre de la terre : « et non, ce ne fut pas le dernier coup de foudre. Il y en eut juste un de plus.. »

Le compteur arrive sur scène, en golfeur, *avec écriteau « compteur le week-end »:*

Non d'un chien. Mais où elle est passée cette balle. Pas ici ; pas là non plus.

Avance vers le paysan, dont la moitié du corps sort du trou.

Il l'aurait pas prise dans sa poche, chapardeur. T'as déjà ruiné l'marquis, maintenant tu voudrais quand même pas m'piquer ma balle. Notez que c'est à peine surprenant de se retrouver ici avec des clubs de golf. A ce train-là, ce petit cimetière qui n'existait pas il y a encore un mois sera le *18 trou* le plus côté de la région. Je vous l'avais bien dit qu'on n'était pas là pour rigoler.

Même si y a quand même un truc marrant qu'il faut que j'vous dise. Vous savez, le poète de cantine que j'ai viré tout à l'heure, celui qui rimaillait piteusement en abusant de votre patience. Et ben figurez vous que j'l'ai retrouvé y a dix minutes à l'entrée du parcours de golf. Et qu'il a voulu faire une partie avec moi.

Quand même, le monde est petit. Comme de toute façon il fait un temps pourri, j'avais aucune chance de trouver un autre partenaire. On est même les deux seuls joueurs sur tout le parcours.

Alors j'ai fait contre mauvaise fortune bon cœur. Et j'ai accepté.

Mais quand même, quelle fausse couche, celui là. A m'raconter ses trucs complètement débiles. Et en plus, il joue comme une patate, avec un p'tit swing ridicule.

La balle part même pas à trente mètres. Tiens, regardez le là ; il m f'ait des sémaphores comme un pauv' chef de gare en cure de désintox.

Lui répond par des sémaphores.

Coucou, conard, allez joue, pépé. On va pas y passer la nuit !

Au fait, je vous l'avais bien dit qu'il y aurait des cadavres en pagaille.

On peut pas dire que vous aurez pas été prévenus. J'en fais une question de déontologie professionnelle.
Mais tout bien réfléchi, si c'était pour faire triompher la morale.

Car finalement, ceux qui ne résistent pas au mauvais sort, ceux qui attirent la foudre, qui provoquent la ciguë, qui excitent la poudre, ce sont ceux qui ont fait de leur vie un four à merde, un cloaque à sévices, une basse-cour des miracles, un tripot de maffieux.

Regardez là, cette Esmaralda de comptoir, enlacée à son Quasimodo d'arrière-boutique, enrichi jusqu'à l'os et prêt à tout pour ruiner ce pauv' marquis jusqu'à sa dernière dent en or.

Remarquez que lui non plus ne l'a pas volé. Pas plus que la marquise et son piteux amant, d'ailleurs.

S'énerve dans la direction de son partenaire.

Très fort Allez joue, *tout bas* espèce de scrofule, *très fort* joue !

long silence

Finalement, y a qu'la p'tite Marie-Antoinette que j'regrette au passage. Celle-là, je lui aurais bien conté fleurette. Bah, y aura bien d'autres occasions de croquer de la chair un peu fraîche. J'ai toute la vie pour ça.

A ce moment, on entend un grand swing, et le compteur reçoit une balle de golf en pleine figure.

On entend au loin, un immense...

Le poète : « meeeeeerrrrde. »

Le rideau commence à tomber, pendant que le conteur, chancelant, tombe lui aussi dans le trou. L'immense juron se transforme en éclat de rire.

Le poète arrive près du conteur et du compteur, et indique un mort de plus.

Final

Pendant que le rideau tombe, le poète reprend son texte du début de la pièce ;

Sa voix se perd bientôt dans le néant…

Quand deux âmes étrangères ont choisi de s'unir
Comme deux doigts d'une main,
Mon ami
Quand deux lèvres et deux autres ont choisi de se fondre
En un souffle commun,
Mon amour
Quand j'ai compris trop tard que sans toi ici bas
Mes jours seraient défunts,
Mon amarre

Il me souvient d'un soir ou sous la pleine lune,
Montrant tes dents d'ivoire,
Tu as ri
Je me souviens aussi de ces cris de ces larmes,
De ces jours plus noirs,
Que la Ruhr
Seuls les mots passent le temps, car l'amour éternel,
Car l'amour sans mouroir,
Est si rare

Seuls les mots passent le temps, et l'amour immortel,
Va mourir au théâtre
De boulevard

Voix des coulisses : je disais donc, les costumes sont de XX ; le décor…

Printed by Amazon Italia Logistica S.r.l.
Torrazza Piemonte (TO), Italy

45650894R00060